ちくま文庫

テュルリュパン

ある運命の話

レオ・ペルッツ
垂野創一郎 訳

筑摩書房

TURLUPIN

by

Leo Perutz

1924

主要登場人物

タンクレッド・テュルリュパン　もと捨て子の床屋
ジャクリーヌ・サボー　寡婦。テュルリュパンの家主
ニコル　サボーの娘の少女
ダニエル・コクロー　テュルリュパンの顧客。香料商人
フロワセ　テュルリュパンの顧客。高等法院顧問官の秘書
ガスパール　テュルリュパンの顧客。織物商人の徒弟。サン＝シェロン子爵の変名
ルネ・ド・ジョスラン、シュール・ド・クトケン　ブルターニュの貴族
ラヴァン公爵　ラヴァン家の当主の少年
ラヴァン公爵夫人　ラヴァン公爵の母
クレオニス・ド・ラヴァン　ラヴァン公爵の十五歳の姉
ド・ラ・ロシュ＝ピシュメル　ラヴァン屋敷の客
ピエール・ド・ロンシュロル　ラヴァン屋敷の客。ノルマンディー貴族の指導者的地位にある人物
モンベリアル伯爵　ラヴァン屋敷の客。ロレーヌの貴族

ジャン・ダゴベール・ド・カイユ・エ・ド・ルゴン　ラヴァン屋敷の客。王立ナヴァラ連隊大尉

ボーピュイ伯フランソワ（ル・ダンジュルー）　ラヴァン屋敷の客。大逆罪により死刑を宣告されている

ジャヌトン　ラヴァン屋敷の小間使い

目次

挿絵＝ヴィルヘルム・シュルツ

企画編集＝藤原編集室

テュルリュパン

ある運命の話

わが父に捧げる

1

元裁判所書記ミシェル・バボーを被告とし、無神論、偽証、および数度にわたる暴力行為の疑いで、パリ王立控訴審裁判所において長々と争われたあの裁判の一六四二年十一月の記録中に、ある奇妙なできごとへの言及が見られる。すなわち議事録の記載によれば、刑が宣告され漕役十一年ならびに罰金六百リーヴルが言い渡されると、被告人は笑い声をあげ、居並ぶ裁判官に嘲りの顔を向け、マルセイユまでの道は遠い、御免こうむってその前にひとつ羽根突き大会に加わらせてもらおう、サン＝シェロン氏が友人連中を皆招待しているからな、と言ったという。

この言葉を裁判官や陪席判事や書記がどう受けとったかは議事録からは読みとれない。訳がわからず頭を振っただけに終わったのかもしれない。だが被告人の言葉に隠された威嚇は、その場にいた大方の者にはよく理解できたことだろう。その時分のパリは得体の知れない噂で持ち切りだったからだ。近々起こるという大事件についての漠然とした知らせが家から家、口から口へ伝えられていた。羽根突き大会――折にふれてこの謎めいた言葉が耳に入ると、誰もが自分なりにそれを理解しようとした。だが何が起ころうとしているのか、本当のところは誰も知らなかった。ただしいつ起こるかは誰もが承知しているらしかった。「すべてを告げるエティエンヌ」と署名されたギーズ公爵を謗る怪文書が、拙劣な詩のかたちで十一月の初めころ出回り、「とっとと来いよギーズ公、貴様もきっとお陀仏だ」と始まるその詩では、聖マルタンの日すなわち十一月十一日が羽根突き大会の日とされていた（――「パリ市民よ聞くがいい。聖マルタンの日の羽根突き大会万歳」――）。だがこれはおそらく、パリ市民に彼らがすでに知っていたことを告げただけだった。なにしろそれに遡る二週間前、ピエール・ラマンという男が、世帯税の徴税請負人である雇い主の代理で、滞っている金額をパリのあちこちに取り立てに行ったところ、その男の報告によれば（国立公文書館資料 E XIX a 134）、「誰も彼もが申しあわせたように」家には一スーの金もないが、聖マルタンの日になれば自分からお上のところに出向いて借りを帳消しにしてやるから心配するな、と答えたというのだから。

それから二十年ののちに、リシュリューとその宰相政治の時代をウシー夫人が回想して、こう書いている（A・ドリオン－ドルエ『私文書に基づくウシー夫人回想録』

グルノーブル、一八九二)。「一六四二年十一月十日と十一日のあいだの夜に、わたくしたちの屋敷に一人の男が現われました。五年ほど前、数週間だけこの家で奉公をしていた者です。その者が目に涙を浮かべて、元帥閣下(ウシー夫人の父)にお目にかかりたいと言うのです。そこで二階に案内しました。十五分後に父は青ざめた顔でわたくしの部屋に来ると、旅の支度をしろと命じました。わたくしたちがパリを出てスダンにあるブイヨン伯爵のところに向かったのは午前二時のことです。必要最小限のものを整える暇さえありませんでした。やがてエペルネーに着きました」——その何ページかあとに「この旅行に父は金千二百リーヴルとわたしたちの一番いい二頭の馬車馬を使いました」とある。

彼らはスダンまで行かなかった。早くも二日後にパリに引き返した。聖マルタンの日が過ぎても何も起こらなかったからだ。一六四二年十一月十四日付のガゼット・ド・ラ・クール紙は、ラヴァン屋敷の近くで下層民が集結したこと、およびノワールムティエ公爵がモンベリアル家の伯爵の一人とヴァンセンヌの森で剣とピストルを用いて決闘したことを報じている。一方ガゼット・ド・フランス紙は十一月十一日にパイ焼き職人の七歳の娘がサンヴィクトールにあるフイヤン会の修道院から覆面をした二人の伊達男に攫われたこと、それから同日の午後、ある審理部参事官が群衆によって馬車から引きずり降ろされ暴行を受けたことを報じている（一六四二年十一月十六日付ガゼット・ド・フランス）。しかしこれらは二義的な意味しか持たない事件であり、リシュリューとルイ十三世時代のパリではありふれた出来事でもあった。「羽根突き大会」という隠語で何週間も前から前触れがなされていた事件は、パリおよび全フランスの期待も空しく発生しなかった。

　それでも一六四二年の聖マルタンの日は人々の記憶からなかなか消えなかった。街角の流行歌が、瓦版が、市の芸人の歌が、旅劇団の即興詩が――十七世紀のあらゆる大衆文学が、繰り返しあの聖マルタンの日を種にした。当初の憤慨と幻滅の物言いは、後になると悲哀と諦観の調子を帯びてきた。十八世紀初頭にいたるとようやく「聖マルタンの日」という言葉は皮肉と嘲弄の意味あいを持ちはじめ、「けして来ない日」という意味で使われるようになった。最後にこの言葉が現われたのはドニ・ディドロの著作である。当時二十五歳だったディドロは殺人犯ソーニエの惨たらしい処刑を詳らかに聞いて日記にこう記した。「一言も、一音節さえも、僕の口からは言うまい。新たな聖マルタンの日を待ち望むほか、僕に何ができるだろう。その日はいつか来るはずだ。世界が根本から変わる日が」（『回想、書簡、および未刊行作品』パリ、一八三〇）

どれほど恐ろしい秘密が聖マルタンの日に隠されていたかをディドロが感づいていたら、流血なしの新秩序と精神の革命を夢見ていた彼のことだから、けしてこんなことは書かなかっただろう。

二百年のあいだ古文書館の暗がりに眠っていた文書は、今日では日の目を見ている。一六四二年の聖マルタンの日をフランス貴族の聖バルテルミーの夜にしようと企てられていたことが今では知られている。その日には全フランスの貴族の位を有する一万七千人が虐殺されるはずであった。それが羽根突き大会に他ならず、ロアン公の、ギーズ公の、エペルノン公の、モンバゾン公の、リュイーヌ公の、ヌヴェール公の、シヨワズール公の、クレシー公の、ベルガルド公の、ラフォルス公の、アングレーム公の首が、シャトルコックのように宙を飛ぶはずであった。

この恐ろしい企ては誰のものだったか――その設計図を引いたのは誰か、さまざまな糸を纏(まと)めたのは誰か――ダヴネルやR・パーキンスやD・ロカスの研究成果をここに引くまでもあるまい。一六四二年のフランスでただ一人の男だけが、この恐ろしく惨たらしい考えを頭に抱きえた。アルマン・ジャン・デュ・プレシー、枢機卿(すうきけい)にして公爵のリシュリューである。

ここでしばし足を止めて、彼の人となり、その業績、そしてその時代をふりかえってみよう。

リシュリュー公爵は当時まだ五十七歳だった。だが長く患い、死を定められ、事実わずか数週間後にそれは訪れた。彼の生涯の目的は、フランスの大貴族の力を失わせ、国家に及ぼす力を貴族の手から奪うことだった。この目的一つのためにリシュリューは世界中の憎悪を一身に引き受けた。偉大なフランスは彼の夢であり、偽装と陰謀と冷血と過酷が彼の武器であった。そして今、生の終わりになって、彼は己の事業が危機に瀕しているのを見た。フランスの王座に座るのは意志薄弱な木偶の坊であった。傍らにいる王妃は幾多の屈辱に憤慨し枢機卿の仇敵となった。フランドルやロレーヌやスペインの国境近くには昔ながらの敵がいた。マリー・ド・ロアン、エペルノンとヴァンドームの公爵、ボーピュイ伯爵、エストレ元帥。皆が皆リシュリューの死を待ち望み、自分たちの時代が来たと思い、すでに枢機卿を半ば死んだものとみなしていた。

この気鬱と絶望の時にあって、滅びつつある肉体に不屈の意志が燃えあがり、あの恐ろしい企てが生まれたのかもしれない。生涯最後の恐ろしい一撃は、己の邪魔をした者すべてに下されねばならぬ。国王さえ例外ではない。イギリスでクロムウェルが新しい思想を打ち出したではないか。生を終えつつあるリシュリューは共和国フランスを夢見た。

枢機卿と親しい関係にある者の書簡や回想録を読むと、彼らに圧しかかる言うに言われぬ暗いものの仄めかしに幾度も出会う。

「わたしは枢機卿の計画が何に基づくかを知っている。資金の出処や協力者や究極の目的もわかっている。だがここには書けない。忘れたほうがいい」（ブリエンヌ伯のローマ在駐フランス公使宛書簡。D・モニエ編『副大臣ブリエンヌ伯ルイ－アンリ・ド・ロメニー』パリ、一八八七）

「――わたしに訊かれても困る。それは神にさえ隠しておきたいことを人に漏らすことだ」（シャビニ伯爵のアンギャン公R・マリウル宛書簡。『コンデ公歴代史』パリ、一八五四）

「わたしは何もかも知っている。だが沈黙は守らねばならぬ。あの男の報復は恐ろしいものになろうから」（ピエール・セギエ『回想録』ル・テリエ・コレクション、ジュネーヴ、一九〇四）

「――控えの間でモトヴィル氏と立ち話をしていると、スコットランド衛兵隊長のギタール氏が広間から出てきた。『わたしは指示を受けた』と氏は言った。『街中で明日暴動が起きても介入するなというのだ。それはそれでもかまわない。だがこの命令を正式に文書化したものを要求するつもりだ』。わたしはモトヴィル氏に目をやった。氏は何も聞かなかったふりをした」（公爵R・ナヴァイユ『回想録』パリ、一八四二）

リシュリューの側にいて計画を打ち明けられた少数の者は、責任の重さに気圧され、身を震わせるだけで、その構想の規模も把まえきれず、その妨害もできなかった。

リシュリュー自身はどうであったか。

晩年に愛用していた聖書に彼の筆跡でこんな書き込みがある。

「わたしの見るかぎりこれより他に道はない。結果が吉凶どちらに転ぼうと、わたしはそのどちらからも自分の取り分を取るつもりだ」

これは士師記第二十章、ベニヤミンの民の殲滅の件に書き込まれている。

リシュリューの計画は実現不可能な馬鹿げたものだったのだろうか。妄想だったのだろうか。時代錯誤だったのだろうか。

フランス革命が一七八九年にようやく起きたことは、人類発展史上の大いなる謎の一つである。

一六四二年にはすでにフランス大革命の機は熟していた。十八世紀の末に王政を転覆に導いた人物、思想、それに特異な状況の結びつきは、一六四二年にも存在していた。

さらにリシュリューの時代には、長期化して金ばかりかかる戦争に誰もが疲れきり、不公平に配分される重税のために自暴自棄になっていた。なおかつこの時代にフランス王妃の座を占めていたのはアンヌ・ドートリッシュであり、このハプスブルク家出身の王妃に人民は親しみを感じていなかった。しかもこの王妃にはバッキンガム公というフェルゼン伯（マリー・アントワネットの愛人）もいた。一七七九年にはジョージ・ワシントンの独立戦争が決起の模範となったが、一六四二年のフランスの青年層はクロムウェルのスチュワート朝との抗争を同じように眺めていた。

一七八九年の主要な役者は百五十年前にも顔を揃えていた。バイイは？――オメル・タロンにその面影がある。タロンがパリの議会で演説すると「人民は涙を流して感動し、王の大臣は沈黙した」。ラファイエットは？――あの大衆の人気を切望する野望に満ちた美男の指揮官は、十七世紀半ばにはコンデ公ルイ二世と名乗っていた。ジロンド党は？——宰相マザランの下でフロンド党を導いた思想運動の中に認められる。平等公フィリップ（オルレアン公ルイ・フィリップ二世）は？——哀れなオルレアン公ガストンだ。ルイ十三世の弟で王位に即けなかった彼は、最初の発砲がなされればすぐ人民側に寝返ったことだろう。オッシュ将軍は？——テュレンヌ伯爵ならあらゆる外部の敵に抗して革命を擁護したことだろう。タレーランは？——レス枢機卿なら申し分なく彼の役をこなしただろう。

それではミラボーは？——あのミラボーは一六四二年にはどこにいたか。

一六四二年にミラボーはサン‐シェロン子爵と名乗っていた。

サン‐シェロン子爵はドーフィネ州のある旧家の出身であった。若いころ定められた聖職者への道はすぐに放棄した。二十七のときブロワのある居酒屋の娘との結婚を望んだが、それを快く思わない父親が裏から手を回して王命を発布させ、それに基づいてサン‐シェロンはある晩酒場で検挙され収監された。数か月後に父が亡くなると子爵の一件はそのまま忘れられた。十七年後にヴァンセンヌの牢から釈放されたとき、子爵はすでに老い、貴族と王を敵と見るようになっていた。

生活のために彼は「ムッシュー・ガスパール」と名を変えてサントマ・デュ・ルー

ブル地区の織物商人の徒弟となった。日が暮れて雇い主の店が閉まると、グレーヴ広場の古い土塁の上で、セーヌ河畔の木材置き場の上で、シュレーヌとサンタントワーヌのワイン酒場で、そこに居合わせた者たちに、飽食した者への、馬車に乗る怠け者への、徴税人とその愛人への、収賄する判事への、教会禄と年金を欲しがる王の家来への、羽根飾り帽や鬘(かつら)への、腐敗した国家への反逆を説いた。一六四二年十月四日、王を戴冠した猿呼ばわりしたため、彼はサンジャック・ド・ラ・ブシュリーの石段で近衛兵中尉に捕縛された。シャトレ(刑務所のあった場所)へ連れ去られようとしたちょうどそのとき、友人であったセーヌ河の船漕ぎらに救われた。二日後に彼はリシュリュー公の呼び出しを受けた。

会談はパレ・カルディナル(リシュリューの城館。後のパレ・ロワイヤル)の外れにある広間で行われた。十年後に追放されたマザランの急使を王妃が秘密裏に迎えた場所である。リシュリューとサン゠シェロンとの対話はほぼ二時間におよんだ。それが終わると枢機卿は客人を連れ、無人の部屋や照明のない廊下を抜け、セーヌの岸辺に通じる隠し戸へ向かった。

聖マルタンの日の羽根突き大会が街を行く人々の口にのぼるようになったのはその翌日からである。聖マルタンの日、すなわち十一月十一日に、サン゠シェロン子爵は群衆をラヴァン屋敷に誘導する手筈(てはず)になっていた。そこは枢機卿に敵対する者たちが密談のときによく集まる場所だった。ラヴァン屋敷は襲撃されて焼き払われ、それが全フランスの貴族を根絶やしにし王国を転覆する狼煙(のろし)となるはずであった。

フランスを共和国にするための政治家もこの暴動と結びついていた。だが運命はそれを望まなかった。運命は己の道を歩んだ。おかげで死を定められていた旧体制はまたもや新時代の風潮に打ち克(か)った。太陽王の光輝が世界から奪われることはなかった。

運命は巨人リシュリューの企てを阻止するため、テュルリュパンという名の愚か者をみずからの道具に用いた。

2

十二使徒小路(ドウザポートレ)の刃物鍛冶会館と牛市場から遠くないところに小さな床屋があり、その家主はジャクリーヌ・サボーという名の寡婦(やもめ)だった。亭主は腕のいい職人であったが、亡くなったあと残したものは商売道具をのぞけばジョッキ一杯のワインを二スーで飲める居酒屋の一覧表だけだった。はじめは彼女自身と子供が食べていくためにクリームタルトや蜂蜜ケーキやフロレンティーナ（アーモンド入り焼き菓子）を作って街路で呼び売りをしようとした。若い頃はイヴトー家の台所で手伝いをしていたからだ。だがこの商売ではほとんど儲けが出なかった。この界隈にはすでに蠟燭(ろうそく)作りや布地裁(た)ちや刃物鍛冶や紐作りが住んでいて、何か新しいことを聞いたり顎を剃ってもらいたいときは十二使徒小路に足を向けていた。そこで彼女はひとりの若者を家族の一員として迎えることにした。この若者は亡夫の遺した剃刀(かみそり)や膏薬(こうやく)や包帯や油缶や膏薬作り用の坩堝(るつぼ)の使い方を心得ていたからだ。

タンクレッド・テュルリュパンという名のこの男は捨て子だった。ある寒い冬の朝三位一体会（トリニテール）修道院教会の石段の上で、二歳の赤子である彼が見つけられ、数日後にダニエル・テュルリュパンという籠（かご）編み職人にもらわれた。この養父がサンタントワーヌ地区を焼き払った一六三二年の大火事で命を失うと、少年はしばらくのあいだ週一度の市場でピンや留め金や締め金を売って露命（ろめい）をつないだ。十六のとき巡り会った人たちが彼を鬘（かつら）作りと理髪の修行に通わせてくれた。

　このテュルリュパンは夢見がちで、変わったところがいろいろあった。当時の習慣に逆らって、鬘をつけた人を蔑（さげす）み帽子をかぶらずに街を歩いた。まだ若いのに一房ある白髪を誰もが見えるよう額に垂らしていた。どこの誰とも知れない父親が、この徴（しるし）で自分を見分けてくれればいいと思っていたからだ。

　父親の素性と階級について彼はさまざまに思いを巡らせた。だがそれを口に出すことはなかった。内にこもったまま黙々と仕事に励んだ。外見は美しくはなかった。かなり背が高く、顔は骨ばり、唇が膨（ふく）らんで歯並びは悪かった。しかし寡婦は彼のことが気に入った。賭け事はやらず大酒も飲まず、小さな娘ニコルを可愛がったので、それだけですっかり気に入ってしまった。彼女は寡婦ぐらしにうんざりしていた。タンクレッド・テュルリュパンが来て一年たったころ、亡夫のベッドを彼に空（あ）けわたして自分は炉辺の長椅子で寝るようになった。また自分と彼の肖像を女師匠と徒弟としてメダイヨンに描かせ、周りに薔薇(ばら)の花束をあしらった。このメダイヨンを守護聖人の日の贈物にして、これを大事にして首にいつもかけておくようにと言った。

彼は言われたとおりにした。だがそれは彼女を喜ばせるためだけであって、彼自身は十二使徒小路の床屋で終わるつもりはなかった。燃える家から助け出された十一歳のとき、そしてその後も、自分は選ばれた存在で何か大きなことを成し遂げるはずだ、運命は自分を必要としているゆえに自分を死なせなかったのだ、と固く信じていた。いつかその時が来ると思って彼は辛抱強く待った。片手に剃刀、もう一方の手にタオルを持って仕事に専念しながらも己の将来を夢見ていた。甲冑(かっちゅう)を身にまとい、矛槍(ほこやり)を掲げる騎馬隊を率いて、征服したばかりのスペインの町に入城する王の傭兵隊長テュルリュパン。クッションを敷き詰めた馬車で国を巡り、各地の市長や町長の拝謁を受け、馬車の扉越しに花束や果物やケーキを贈られる貴族のテュルリュパン。裾長(すそなが)のローブを身にまとう高等法院顧問官の、司教座聖堂参事会員の、外国の宮廷に遣わされた使節の、会計検査院長の、王の代官のテュルリュパン。そんなことを考えながらも仕事はとどこおりなく進むのだった。

夕方になってあたりが暗くなると、炉辺に座って、寡婦がスープ用にキャベツや蕪(かぶ)

を刻む傍らで本を読んだ。『知恵の封印』という題の本で、著者はモーセの妹の博識なユダヤ女マリアだった。何度も始めから終わりまで読み、そこに記された世界の驚異と神秘に震えた。運命は己の手の内にだけあるのではないとこの本は教えてくれた。この世には善の力と悪の力がある。ゆえに神の助力を確保せねばならない。そして神を味方につけるため、タンクレッド・テュルリュパンは断食期間をはじめとする教会のあらゆる教えを守り、慈善も行ない、物乞いの前を通るときは必ず施しを与えた。だがそれは用心と配慮からの行為にすぎず、本心では物乞いを憎んでいて、今まで人がこうむったことのないような不幸を願うばかりか、できるものなら自分の手で絞め殺したいとさえ思っていた。奴らは神のスパイであり密告者であり、哀れな裏切者だ。施し物を貢ぎ物みたいに受けとる。誰かが無視して通り過ぎると——たちまち呪いの言葉を吐く。その言葉は天まで届き神の耳に達する。自分らの力を意識しているからこそ、勤勉で正直な者から根こそぎ奪い取る。無理やり抑えこんだ憤りで歯ぎしりしながら、テュルリュパンは白銅貨を彼らに投げてやるのだった。

　彼は空想家であり愚か者だった。一六四二年の十一月八日の昼には、研ぎたての剃刀と野菜市場で買ってきたキャベツを手に、木造の橋ポン・ルージュを渡っていた。

3

研ぎ師の店から家路をたどるテュルリュパンは物乞いのせいで不機嫌だった。その日は乳飲み子を抱えた女や、体の不自由な者や、老人の物乞いにもう十四人も出くわした。皆が皆、示し合わせたように彼の行く道に座り施しを求める。銅貨はもう全部やってしまって、懐にあるのは真新しい八スー銀貨だけだ。これが彼をむしゃくしゃとさせた。

雨が降っていた。今日は一日雨が続き、空は雲がおおっている。セーヌの対岸にある庭園の、格子扉を持つ垣の奥に植わっている楓やアカシアから、風は最後の一枚まで枯葉を振り落とした。タンクレッド・テュルリュパンは寒さに凍えた。服もずぶ濡れで、早く部屋に戻って暖炉で暖まりたかった。足を速めて橋を渡りきろうとしたところ、またも物乞いに出くわした。乱れた赤髭を生やした義足の男だ。中洲に降りる階段のすぐ近くの欄干にもたれて座り、足をまっすぐに伸ばしている。跨ぎ越していかねばならない。橋の幅は狭くて避けて通るわけにはいかない。

テュルリュパンは立ち止まった。怒りが渦を巻いた。

——また一人いやがる。このいまいましい日に十五人目だ。奴らは僕に狙いをつけ、最後の一スーまで叩かないかぎり放そうとはするまい。こいつには見覚えがある。シャピトル通りにある靴職人の仕事場でも物乞いをしていた。さほど年をとってはいない。恥ずかしいと思わないのか。体も悪くないのに。木切れを刻むなら腕が二本あれば十分だ。だがそんなことさえせず、好んでここに座り、まっとうな者から金をせびる。八スーがこいつにはお似合いだ。二年もすれば召使と馬車を買えるくらい金が貯まるだろう。だが僕は一日中あくせくしている。これが正義というのか——

テュルリュパンはどうしようかと決めかねて、空のワイン樽を積んだ小舟がセーヌ河をゆっくりと製粉所の傍らを流れていくのを見送った——引き返そうか。いや、引き返したくはない。隣の橋にも別の物乞いが座っているに違いない。彼はポケットから八スー銀貨を出して握りしめた。

近くまで来て見ると、物乞いは目を閉じて座っていた。どうやら眠っているらしい。だが寝ながらも施しを求めるように、伸ばした手に帽子を掲げている。テュルリュパンはふと思いついた。この物乞いの裏をかいて気づかれぬようこっそり通れば金をや

らずにすむ。そこで音をたてず鼠のようにさっと通り過ぎてから、一目散に走り出した。息を切らして対岸までたどりついてから、ようやく立ち止まっておずおずと振り返ってみた。

だが物乞いはもう目が覚めていた。起きあがって撞木杖で身を支えて橋の真ん中に立ち、逃げた者を眺めていた。

「――地獄に行け、下種野郎。八スーくれる奴をそこで探しやがれ」――驚き失望したテュルリュパンはそう捨てぜりふを吐いて、先を進んだ。――「あんなのが物乞いであるもんか。あんないんちきで能なしの阿呆に施しなんかもったいない。寝たふりなんかして人を騙すとは！　誰がそんなのに引っかかるものか」

彼は自分のふがいなさに腹を立て頭を振り、いやな考えを追い払うように手を動かし、さっさと一切を忘れようとした。だが橋から遠ざかるにつれて、心はどんどん重くなっていった。たしかにこの八スーはやらずにすんだ。だがそのおかげで、もう神の助けは期待できない。僕にはそれがひどく要るというのに。腹を立てた神は手を引っ込めるだろう。しかもまずいことに、いままで施した何百スーかも無駄になって、どぶに捨てたも同じになった。考えてみればとても許されない、馬鹿なことをやってしまった。すでに十二使徒小路まで来ていたが、橋のところまで引き返して、神の怒りを鎮めようとテュルリュパンは心を決めた。

だがどうやら悪しき力が総がかりになって、悔い改めた罪人と神さまとの間を裂こうとしているらしい。通らねばならない街路がにわかに人込みと喧騒に溢れかえった。正午になり雨もあがったので、筆耕らは何百人となく職場を出て、貴族は供を連れて歩き、学生たちは腕を組んでテュルリュパンの行く手をさえぎった。椅子駕籠や有蓋四輪馬車や荷を高く積む騾馬やよたよた進む野菜馬車が彼を塀に押しつけ立ち止まらせた。ふたたびセーヌの岸まで来た時には一時間近くがたっていた。

そこで改めてわかったのは、悪魔は聖なる行為さえも、己の道具に使うすべを心得ているということだった。岸沿いに長い行列が進んでいて、その先頭で大司教代理が正装姿で天蓋の下に座し、まわりを司祭らが囲んでいた。テュルリュパンはまたも立ち止まって待たねばならなかった。とうとう道は空いた。テュルリュパンは八スーを握りしめたが、どういうわけか、あの物乞いはもう橋の上にいなかった。

赤髭で義足の物乞いが座っていた場所に今は市警がいて、欄干から身を乗り出し、中洲の灌木と砂利道を見下ろしていた。その近くにぞんざいな身なりをした貴族が仏頂面で馬を連れて立ち、その前で仕着せの従僕が地にひざまずき、折り返しのあるブーツから泥を拭っていた。

テュルリュパンは市警に近づいて物乞いがどこへ消えたかを聞いた。市警は振り返り、まずテュルリュパンを見て、それからキャベツに目をやった。そして無言で下の河を指さした。橋から中洲に下る階段に物乞いが横たわっている。ひとりの老婆がその頭を膝に乗せ、物乞いの皺だらけのマントは血で汚れ、顔には布がかぶせられている。そこに立っている貴族の馬が物乞いを蹴り倒し、蹄で致命傷を与えたのだった。

最初テュルリュパンは事の成り行きに一種の安堵を覚えた。神さまを満足させるためにやれるだけのことはやったのだから、八スーはもうやらなくてもいい。だが不意にあることを思いあたって、彼を暗い不安に陥れた。もしかしたらまさに今、あの赤髭で義足の物乞いは神さまの前に立っているかもしれない。奴は自分を殺した者ではなく、僕に怒りを向けているかもしれない。——「まだ一時間もたっていないとき」——物乞いの声が聞こえる気がした——「ひとりの男がわたしの前を通りすぎたのに、施しをしませんでした。ほんの少しもくれなかったんです。そしてわたしを嘲りさえしました——」——「どんな男だったか言ってみよ」——父なる神が言い、その額が曇った。——「どんな男だったか言ってみよ。わたしが判別できるように」——「繕った靴をはいて、青いマントを着ていました」物乞いが言った。——「それでは足りぬ」父なる神が叫んだ。「繕った靴をはいて、青いマントを着た男はパリに大勢いる」――「手にキャベツを持っていました。野菜市場で二スーで買えるようなやつです」――「それから」――嵐のような声が玉座から聞こえた。――「それで知っていることは全部なのか」――「眉毛が濃くて、まだ若くて、額に一房白髪が垂れていました」――「一房の白髪だと！」――父なる神は叫んだ。――「それならタンクレッド・テュルリュパンだ。それで十分だ。もう行ってよい。タンクレッド・テュルリュパンか！　よくわかった。覚えておこう。その者は貧者に施しを与えなかったのだな」――

テュルリュパンはびくっとした。あたりを見回した。そして彼を悩ませる考えを追い払おうとするかのように、額の白髪をなでた。

貴族は馬に飛び乗った。だがそこを去る前に、仕着せにそばに寄るよう合図した。

「ルノー、お前の主人に葬儀の時間を聞くのを忘れた」

「旦那さま」召使が言った。「明日二時、三位一体会修道院教会でございます」

テュルリュパンはこの言葉を、天からの指示のように聞いた。明日二時、三位一体会修道院教会。もちろんその時分には、午後最初の客が床屋にやってくるだろう。でも待たせておけばいい。テュルリュパンは心を決めた。あの物乞いの葬儀に参列して、祭壇に蠟燭を一本捧げよう。

そのころ寡婦はじりじりしてテュルリュパンの帰りを待っていた。姿が見えないかと、何度も厨房から走り出ては店の扉の前に立った。こんなに長く店を空けるとは、どうにも訳がわからなかった。午後の一時になるとテュルリュパンの代わりにダニエル・コクロー氏がやってきた。分別のある立派な男で、何年も前からサンジャック小路の角で香料店を営んでいる。週に何度もサボーのご機嫌をうかがいに来る。まだ若くてきれいと言えないこともないこの未亡人に惚れていたのだった。たいていは食事どきにやってくる。彼の店には厨房がなく、食べ物屋も好きでなかったからだ。

寡婦は礼儀正しくあいさつをした。それはどの点から見ても地位が安定している男にふさわしいものだった。

「コクローさん、ちょうどいいときにいらっしゃいました。よかったら食べていきませんか」

「サボーさん、わたしはあなたの忠実なる僕(しもべ)です」そう言って彼は探るように料理の匂いを嗅いだ。「これは身に余る光栄です」

「どういたしまして」未亡人はそう言ってテーブルクロスを敷きはじめた。

そこに猫を追いかけて部屋に駆けこんできた小さなニコルを、コクローは目ざとくみつけた。

「おやニコルじゃないか」彼は呼びかけた。「立ち止まってお前の姿をよく見せておくれ。お前に似合う可愛いリボンも家にある。ほんとうに見るたびに大きくなるねえ」

「どこから見ても父親にそっくりなんですよ」未亡人はそう言ってスープ鍋を置き、さらに蓋(ふた)つきの鍋とパン籠と塩樽とワインジョッキを置いた。「どうぞお座りください、コクローさん。そして遠慮なく召し上がってください。それからこれは編笠茸(あみがさだけ)ですのよ」と蓋つきの鍋を指して言い添えた。

「熱いうちが一番おいしいんですよ。鍋から出したてのときがね。ニコルや、猫は放っておいてテーブルにつきなさい」

コクローは自分のスプーンとパン切りナイフを持ってきていた。

「編笠茸はすばらしい料理になりますな。調理の仕方さえ心得ていれば」

「世界でいちばんの料理になります。ちゃんと蓋をして火にかけて、パセリと少しの胡椒(こしょう)を鍋のなかに入れればね。十一月といえば編笠茸ですよ」

「パセリはどんな料理にも格別の風味を添えますね」そう言いながらコクローはナプ

キンを首に結んだ。

「それはぜんぜん違いますよ、コクローさん」未亡人はやんわりと、しかし断固として言った。「パセリと全然合わない料理もあります。そういえばあのイヴトーさんは、他のことではもののわかった人ですけれど、鯉にパセリを付けろって言うんですよ。食通の方なのに、どうしてそんなとんでもないことを言うんでしょうね」

「鯉とパセリですって」コクローはそう叫び、むせそうになった。「それはひどい。鯉とパセリなんて、これほど馬鹿げた組み合わせはありません」

ちょうどこのときテュルリュパンが戸口に現われた。あいさつの言葉をもごもごとつぶやき、マントを脱いで、研ぎたての剃刀を道具置き場に置いた。それからテーブルに近づいて、凍えそうに寒いからスープは炉辺で飲ませてくれとサボー未亡人に頼んだ。

「それから、明日の二時に――ちょっと葬式に出ないといけないんです。ほら、あのピジョーさん――あの染物師の人が鬘のことで二時ころ来るはずですが、待っていてくれるでしょう。三時ころには戻ります。急な葬式なんで、儀式も弔辞もないと思いますから」

「そう、お葬いなの」寡婦は不思議そうに言った。テュルリュパンには友達も親戚もいないのを知っていたからだ。「それで誰のお葬式なの」

「死んだ人のですよ。他の誰だっていうんです」彼は悲し気な、とまどったような面(おも)持ちで答えた。「今日死んだ人のです」

「ああ！　なるほど！」コクローが愉快そうに声をあげた。「夜は暗いし、馬は人より速い。六匹の騾馬(らば)と六匹の針鼠(はりねずみ)で一ダースになるし、鼻はたいてい顔のまんなかにある。聞きましたか、サボーさん。明日死人が埋葬されるんですって」

だが未亡人はテュルリュパンの性格を知っていた。この人は閉じこもりがちで口数も少ないから、これ以上のことは聞けないだろう。そこで彼女は話題を変えた。

「このころは毎日のように夜中に急に死んだ人のことを聞きますね。湿気(しけ)た空気がいけないんですかね。ずっと雨だし風も寒いし。気をつけなくちゃ。ともかく外に出ないのが一番ですよ。王さまだってお加減がよくないんです。嘘じゃありません。今日パレードが街を通りました。ドミニコ会の人たちが、王さまがまた元気になられるようお祈りしてるんです。神さまがご加護くださいますようにって」

コクローは彼女に近寄るようにと目くばせし、テュルリュパンの剃刀を指しながら、耳元でなれなれしくささやいた。

「あいつは嘘をついています。間違いありません。明日二時に女と待ち合わせてるんです。でもそれがどうしたっていうんです。あんな薄のろから愛されたって、あなたは嬉しくもなんともないでしょう」

4

ふだんは休みの日だけに着る灰色のタフタの上衣姿で、二リーヴル（重さの単位。約五百グラム）の赤い大蠟燭を腕にかかえて、翌日テュルリュパンは家を出た。湿っぽく寒い日で、どんよりとした秋の空は暗いおびやかすような雲でおおわれていた。新しい上衣をだいなしにしてはいけないから、雨になる前に教会に着こうとテュルリュパンは道を急いだ。

トリニテ広場から穀物用の大秤（おおばかり）の傍らを通って三位一体会修道院に通ずるタミシエ小路に曲がろうとしたところで、道が塞（ふさ）がっているのに気がついた。たいへんな数の二輪幌付馬車（カブリオレ）や有蓋四輪馬車（カロス）や騎馬の人が、揃いもそろってここで何かを待っているようだ。馬車と馬車の隙間で、御者や馬の世話係や仕着せの召使が三、四人ずつ集まってお喋（しゃべ）りをしている。

「なんてこった」テュルリュパンはつぶやいた。「貴族の婚礼か洗礼式でもあるのか。

こんなことじゃ先に進めやしない。それともオテル・ド・ブルゴーニュ劇場で『アベルの死の悲劇』を演ってて、それでこんなに馬車が停まっているのか。まあどうでもいい。先に急ごうものなら、仕着せの犬らに溝に突き落とされるだろう。そして一時間も笑って慰みものにするだろう。あるいは馬の一頭が暴れて、僕の胸を昨日の物乞いのように突くだろう。あいつに会った日と時間が忌々しい」

気分を害して彼は立ち止まり、一台の馬車の側扉に描かれた紋章を眺めた。横帯の上に金の薊が二輪、それから武器を持った拳が描かれている。それから別の道をたどろうと、向きを変えてトリニテ広場まで戻った。

フェル小路とサンニコラ通りを通ってなんとかクヴァン広場まで来たところで、またもや行く手をはばまれた。何千とも何万とも知れない群衆がぎっしりと犇めきあっていて、まるでパリ中の市民が三位一体会修道院の前で待ち合わせの約束をしたようだった。――「暇人の野次馬どもめ、みんなくたばっちまえ」テュルリュパンは毒づいた。――「物乞いの葬式にさえこんなに集まってくるんだからな」――彼は人を押し分けて進んだ。二時の鐘が塔から聞こえてきたからだ。なんとかここを突破しないと時間までに着けない。

「もしもし」テュルリュパンが足を踏んだり脇腹を突いたりした者の一人が言った。

「わたしは二時間前に来て、やっとこの場所を取ったんですよ。一目だけでも見ようと思ってね。少しはわたしの権利も考えてくださいよ」

誰かと思えば十二使徒小路の繕い屋シェヴレットだ。彼もこの無作法者がテュルリュパンだと気づいた。

「おや、テュルリュパンさんじゃありませんか。わたしの背に鼻をぶつけてきたのはあなただったんですか」

「シェヴレットさんでしたか」驚いてテュルリュパンは声をあげた。「あなたもやはり葬儀に？」

「他にどこに行くと言うんです。でもこんなに人が多くちゃ楽しみも何もあったもんじゃない」

繕い屋はそう言うとポケットから油で揚げた魚の切れ端を出して食べはじめた。

「揚げ魚、これがわたしの朝食です。今日は肉を断つ日ですから」

「するとあなたもここに」テュルリュパンは言った。「あの人の知り合いだったんですか」

「知り合いですって。何をおっしゃいます。知り合いようがあるはずもないでしょう。そういうあなたはどうなんです。あなたの床屋に毎日来てたとか言わないでくださいよ」

「何を馬鹿なことを」テュルリュパンはつぶやいた。思い浮かべただけで怒りがこみあげてきた。「すぐさま追い出しますよ」

「〈ムッシュー・ド・パリ〉、つまり大司教が直々に弔辞を述べられるそうですよ」

「大司教が直々に」テュルリュパンは大声をあげた。「なんとまあ。ひねもす義足を見せつけてただけの男にしちゃたいへんな名誉だ」

「義足だったかは知りませんけど」繕い屋が言った。「ありえなくもないでしょう。ラ・ロシェルの例の教会の件で戦いましたからね（リシュリューがユグノーの反乱を鎮圧したラ・ロシェル包囲戦のこと）」

「そうかもしれません。でもきっとかなり前のことでしょう」テュルリュパンが言った。「昨日見たときは見るもあわれな様子でしたよ」

ぼろぼろのマントを着て、手に帽子を持ち、橋の階段近くで施しを求める物乞いの姿が目の前に浮かんできた。

「ご子息が」太って小柄で息づかいの忙(せわ)しい男が会話に加わった。――「聞いた話じゃその知らせを受けとったそうですね。ジャルダン・ヴィネロルでサン゠リュック嬢との朝食中に」

「サン゠リュック嬢ですって。サン゠リュック嬢ってどういう人なんです」繕い屋がたずねた。

「踊り子ですよ」太った男はぴしゃりと言った。「つまらない売女(ばいた)です。一言でいえばふしだらな獣(けだもの)です。息子は知らせを聞くとすぐ楽師を家に帰して、自家用の馬車を呼んだそうです」

「へえ、奴のせがれは馬車なんか持ってたのか」テュルリュパンはつぶやいた。「恥知らずにも馬車なんか持ちやがって。その代(しろ)は全部僕らのような者が払う。朝食。楽師。馬車。サン＝リュック嬢」

彼は溜息をついた。世の理不尽さへの怒りと悲しみがこみあげてきた。

「そんな奴は大勢いる。これが災厄でなくて何だ。あいつらはわれわれの金を無駄遣いしてわれわれを貧乏にする」

「あいつらはわれわれの金を無駄遣いし、われわれを貧乏にする」テュルリュパンのすぐ近くに立っていた大柄で肥った男が嗄(しゃが)れ声で繰り返した。「あなたの言うことは嘘じゃない。でも見ててください、今にサン＝シェロンさんが街角で号令しますから」

「サン＝シェロン。しょっちゅう耳にする名だ」テュルリュパンは思った。「だがそんな奴は知らない」

「場所を空けろ。アンギャン公のお通りだ」タミシエ通りから声が呼ばわった。たちまち群衆は押し合い圧し合いをはじめた。

「アンギャン公はコンデ大公のせがれです」まだテュルリュパンのそばにいた繕い屋が言った。「三年間仲違い（なかたが）いしてたのが、やっと今日、教会で会いたいとどちらも思ったらしいですね」

「そんなことがあってたまるか」群衆の中から声があがった。「ずっと仲違いさせておけ。そのほうがいい。仲直りしようもんなら、あいつらのことだ、真っ先に何かの戦争を取り決めるだろう。ラインか、スペインか、ブラバントか」

「へえぇ」繕い屋が大声をあげた。「今すぐってわけじゃないでしょう。枢機卿がその前に何か言うんじゃないですか」

このとき道が空いた。押し黙った群衆のあいだを、背の高い痩せた男が乗馬ブーツと炎のように赤いマントをはおり、貴族や将校を供にしたがえて、教会の扉のほうに進んでいった。

「アンギャン公です」繕い屋は小声で言って頭から帽子をさっと取った。だがテュルリュパンはもうそちらを見なかった。とっさに決断すると群衆から離れて、公爵の後についていった。お供の貴族のひとりであるような顔をして。

拝廊（教会の入口部分）で彼は立ち止まった。葬儀のミサはもう始まっていた。祭壇から司祭の「主ヨ聞キ給エ（ドミネ・エクスアウディ）」という声が響くと、合唱が「汝ノ耳ヲ傾ケ給エ（フィアント・アウレス・トゥアエ・インテンデンテス）」と和した。

テュルリュパンはそこから先へは進まなかった。目の前の板石の上に年老いた乞食女がしゃがんでいたので、神に気にいられようと、八スーの銀貨を投げてやった。

「これはたいそうな施しだ」そう言うと気分がとてもよくなった。「人に取られないよう気をつけろ。こんなお恵みは毎日はもらえないぞ」

老婆は何とも答えなかった。硬貨は膝の上に乗っているのに、濁った目はそれに気づかない。歯のない口を動かして祈りの文句をつぶやき、震える指でロザリオを滑らせているだけだ。

「おいお前」当惑してテュルリュパンは叫んだ。「目が見えないのか。僕は八スーやったんだぞ」

教会扉の近くに立っていた三位一体会の修道士が目をあげて、けげんそうにテュルリュパンを見た。だが老婆からは反応がなかった。

「目が見えなきゃ耳も聞こえない」腹立ちまぎれにテュルリュパンは言い、肩をすくめた。少し考えたあと、みずから誤解を正すしかないと決心した。神へのとりなしはこの老婆からは期待できなかろう。

左手の壁に、柱の陰に隠れて、絵が一枚掛けてあった。子羊の礼拝と救いの成就の絵だった。勢いよく湧き出る泉の前で使徒と教皇と預言者と旧約の太祖が跪（ひざまず）いている。子羊の心臓からほとばしる血を黄金の盃が受けている。天が裂け、三重の冠を戴いた父なる神が両手を掲げて祝福している。その右に座して陽を浴びているのは青い衣を着たマリアさまだ。

この絵の前にテュルリュパンは歩み寄り、腹立ちまぎれの祈禱をすると、その声は故人の魂を神の慈悲に委ねる司祭の言葉と混じりあった。

「奴に耳を貸さないでください」テュルリュパンは祈った。「奴があなたに言うことを何もかも信じないでください。あれは嘘つきです。わたしはいつも慈善を施してきました。でも奴は乞食じゃありません。楽師や女に金をばらまくぐうたらの息子がいます。八スーはそこにいる婆さんにやりました。あの人にやったほうがいいのです。ごらんのとおり目も耳も利かないのですから」

だが絵の中の天国から赦（ゆる）しが与えられる気配はなかった。父なる神は表情ひとつ動かさず、使徒と殉教者と預言者と、祈るテュルリュパンを眺めている。

「聞き入れてくださらない」テュルリュパンはうろたえて小声で言った。「義足の爺（じじ）

いの言葉は信じるのに、僕のことは信じないのか」

彼はすっかり落ち込んだが、やがて自分の誓願と腕に抱えている蠟燭を思い出した。この蠟燭で神と和解できるはずだ。彼は鉄格子越しに教会の中に目をやった。そこは黒い布が広げられ、敬虔（けいけん）に祈る人々で溢れていた。「復活ノ栄光（イン・レスレクティオーニス・グローリア）ニ」という声のとどろきが円天井に昇っていく。中央祭壇と側廊には何百本もの赤や黄や青の蠟燭が燃えている。この輝く大海の中では、僕のちっぽけな光はきっと消えてしまうだろう。

「これじゃだめだ」彼はがっかりした。「ろくでもないあの爺いにミサもあげてやらなくては。神がそれを望んでいる」

彼は扉のそばに立っている三位一体会の修道士のほうを向いた。

「神父さん」彼は言った。「わたしが故人に誓約したミサのことです。中で葬儀がされている老人の名をご存じですか」

「ラ・トレモイユ家のラヴァン公ジャン・ジェデオンだ」修道士がささやいた。

「公爵のジャン――そんな馬鹿な」テュルリュパンが叫んだ。「橋の上で座ってたのに」

「ラ・トレモイユ家出身のラヴァン公ジャン・ジェデオン、イル・ド・フランス世襲知事にして、われらの国王陛下の大主馬頭だ」修道士はくりかえした。

「その方が天国に行かれますように」驚きうろたえてテュルリュパンはつぶやいた。

そして開いていた格子扉からおずおずと堂内に入った。そこにはフランス中の貴族が集まっていた。

5

やがてあたりの様子がわかってきた。宮廷の豪奢(ごうしゃ)と華美がそこにあった。絹や金襴(ブロカート)や繻子(しゅす)のすれる音が聞こえる。飾り帯(エシャルプ)、リボン、銀糸の刺繍(ししゅう)、首飾りや帽子のリボンや靴の留め金に燦(きら)めく宝石。教会の石畳の上で微かに鳴る剣の音。内陣(教会で聖歌隊の占める一画)からは賛課(ロード)と宵課(ノクテュルヌ)の合唱が響いてくる。知らない香りが乳香の匂いと混じりあっている。

テュルリュパンは己の勘違いに気がついた。物乞いの葬儀がこんなに豪奢なわけはない。架台(カタファルク)に載った柩(ひつぎ)の左右に金の蠟燭が十二本燃えている。大司教が僧と侍者に囲まれている。これが貧乏人の静かでつつましいミサであるものか。地下の納骨所に降りる階段に通じる扉は開けられていた。ということは埋葬は外の墓地でなく、堂内になされるのだ。そのことからテュルリュパンは、亡くなったのが王の重臣であった公爵に他ならぬのを知った。

柩を納骨所に運ぶため特に選ばれた四人の貴族が、厳粛な面持ちで黙して立っている。黒と紫の服を着た四人の小姓（パージュ）が銀糸の刺繡が施された柩掛け（ポエル）の四隅を摑（つか）んでいる。一人の従僕が、紋章入りの外衣を柩の上に広げようと、大司教の合図を待っている。その後ろにはラヴァン家の家令が、亡くなった公爵の拍車と羽根飾り帽と剣を手に立っている。

なるほど外にいた修道士が言ったとおりだ——僕はここに何の用もない。あのポン・ルージュの乞食はどこに埋められたのだろう。なぜ僕はここに連れてこられた。ひょっとするとここは三位一体会修道院教会ではないのか。パリにはやたらに教会がある。名前がきちんと頭に入ってなくとも無理はない。この区域にさえ、僕が知ってるだけでも、まだ三つ教会がある。聖ポリュカルポス教会、エッケ・ホモ教会。それからカルメル会の教会もここいらだ。外にいた修道士はカルメル会の人らしかった。すると僕はカルメル会の教会にいるのか。なるほど！　それで何もかも説明がつく。

今日の僕はちゃんと晴れ着を着ているから、立派な暮らしをしている人のように見えるだろう。そう思うと勇気が湧いてきて不安がなくなった。もちろん靴を人に見せてはならない。一足しかないこの靴には継ぎがあたっている。

「もしもし」聖務日課の「主ヲ崇メ（マニフィカト）」と「我ヲ喜バス（プラケーボー）」の合唱が終わったところで、

彼は近くにいた男に声をかけた。「ここは三位一体会修道院教会でしょうか、それともカルメル会教会ですか」

「三位一体会修道院教会ですよ」その老人は言った。「わたしもここは初めてです。わたしは懺悔は跣足教会で行い、日曜の説教はサンジャック・ド・ラ・ブシュリー教会で聞きます。説教するのはエスタシュ神父です」

「そいつは驚いた」

「ほんとうに驚きます」老人は続けた。「あの神父は八十をとうに越しています。父に連れられて初めて説教を聞きにいってから、もう四十七年になります。雪の日だったので馬車に乗りました。中は赤い天鵞絨が張ってありました。まるで昨日のことのようです。『とても剽軽な人なんだよ』父はそう言っていました。『耳に痛いことでも、ほんとうに心地よく話してくれる』あの頃エスタシュ神父は聖ブレーズ・デ・ザルク教会で説教していました」

応唱が終わった。大司教は架台に寄り、小さな声で「我等ガ父ヨ」を唱えた。修道士が二人、吊り香炉と聖水入れを手にその右についた。柩掛けの紐を持った小姓のひとりが不意に頭を垂れたと思ったら、抑えたすすり泣きが聞こえてきた。

テュルリュパンの脇に立つ老人が溜息をついた。

「ええあなた、これはたいへんな損失です。公爵は王にとってかけがえのない方で、わたしたちの庇護者で、希望の光でした。あの方がいなくなった今、枢機卿の陰謀に立ち向かえる人はいるでしょうか。悪い時代がやってきます。わたしたちにとっても、全フランスにとっても、悪い時代が」

大司教は修道士の手から吊り香炉を受けとり、右に三度、左に三度、柩に振り撒いた。それから磔刑（たつけい）像に歩み寄り、大きな声で「我等ヲ導クナカレ（ネー・ノース・インデユーカス）」を唱えた。

聖職者と合唱者の一団が祭壇の書簡側（司祭が書簡朗読をする側）に下がっていくとき、テュルリュパンは架台の向こうに深い悲しみを湛（たた）えた顔の婦人がいるのに気がついた。とても若い男の腕につかまって身を支えている。喪のヴェールが半分はねのけられて顔を見せていた。誇り高い、凝固して石と化したような不動の顔だった。前方にやや身を屈（かが）めているのだが、不思議なことには、その眼差（まなざ）しがテュルリュパンに向けられている。教会を満たす何百人もの中から、彼だけを見ているようだ。その視線にテュルリュパンの身は震えた。

「すみません」彼は隣の男に声をかけた。「よろしければ教えてください。あの柩の向こうにいるご婦人はどなたですか」

「なんとまあ、マダム・ド・ラヴァンをご存知ないとは」老人は低い声で叫んだ。

「公爵の喪に服されている奥方です。あの方を存じあげない人はいません。傍らにいる少年は公爵の一人息子で跡取りです」

うろたえてテュルリュパンはつぶやいた。あの人は僕が邪魔者だってわかったんだ。僕がここにいるんで腹を立てている。あの目は出ていけという目だ。なるほど高貴な方々の中で僕は目障(ざわ)りだろう。だがここに来たのは僕のせいだろうか。ああわかったわかった、退散すればいいいんだろ。

そして彼はゆっくり、一歩また一歩、後ずさりをはじめた。

だがどれだけも進めなかった。これだけ大勢の人をかき分けて行くのは大ごとだ。まわりがざわつき、怒りのつぶやきも聞こえた。テュルリュパンはそのままここにいるほうがいいと思った。

出なきゃならないこともあるまい。そもそも僕は悪くない。間違ったことを教えられただけだ。来てしまったものは仕方なかろう。教会は万人のものって言うじゃないか。

だが公爵夫人の目は今もテュルリュパンに据えられていた。彼は居心地がますます悪くなって、顔を逸らせて視線を避けようとした。目をあちこちさまよわせて、扉の上に掲げてある浮彫や、瑠璃(ラピスラズリ)で飾られた壁柱や、祭壇の大理石の天使を眺めた。すぐ前に立っている男の膨らんだ袖は黄色の唐絹だ。その左隣の男は青い綬の聖霊勲章をつけている。

これらすべてを見ているあいだにも、自分から離れない公爵夫人の視線が意識された。テュルリュパンは肩をすくめた。きっとあの人も僕は追い出せないってわかったんだな。たしかに一見たやすいことに思える。でも聖霊じゃあるまいし、空に浮かんだりいきなり消えたりできるもんか。

不意に誰かが微かに触れたのを感じた。ほんの一瞬だけ、手が自分の肩をすべったのが見えた。振り返ると、年を食った男の痩せて血の気のない顔が見えたが、その男はすぐ一歩後ろに下がった。テュルリュパンは首にかけた鎖がなくなったのに気づいた。自分とおかみさんの肖像入りのメダイヨンをつけたあの鎖である。

盗っ人だ！——とっさにそう思った彼は、逃げようとする男の手首を摑んだ。その顔は動揺と困惑と痛恨で彩られていた。抗う気配はない。逃げようともしない。ただ左手を挙げ、憐れみを乞うような頼みこむような悲し気な身振りをしただけだった。

このときテュルリュパンの眼差しがラヴァン公爵夫人をとらえた。先ほどと変わらず、やや前かがみになってこちらを見据えている。だが今、その動かない表情に、不安げな緊張と熱のこもった感情が現われているのをテュルリュパンは見てとった。公爵夫人は盗っ人を見、テュルリュパンを見たまま、目を逸らさなかった。

この視線に気圧(けお)されて、テュルリュパンは摑んでいた手を放した。盗っ人は大きく溜息をついた。そして一歩左に退いたと思うと次の瞬間には柱の陰に消えていた。

四人の貴族は柩を持って階段を下り、会衆がそれに続いた。われに帰るとテュルリュパンはただ広い教会に一人立っていた。納骨所から「天国(イン・パラディースム)へ」が響いて来るなか、彼は物思いにふけりながら、床石の音をこだまさせて外に出た。

6

テュルリュパンは物思いに沈みながら狭く曲がりくねった小路をたどった。トリニテ広場からセーヌ河畔に抜ける道だ。頭を垂れたまま歩き、家の漆喰(しっくい)で肩をこすった。すれ違う人にろくに目をやらず、上衣が雨ですっかり濡れたのにも気づかなかった。何も見ず、何も気にかけなかった。頭のなかにはオルガンのとどろきと厳かなテ・デウムの合唱だけがあった。

夢とおぼろな予感が現実になった。母さんが見つかった。あの人は僕と向きあって、僕を見て、額の白髪の房を見分けた。呼びかけたり、素振(そぶ)りを見せたりはできず、ただ目だけに語らせた。あの視線にこもる沈黙の言葉が今になってわかった。あなたなの？　まさかこんなことが。本当にあなたなの？　可哀そうなわが子や、どこに住んで何という名前なの？　愛しいお母さん！　母さんは人目があるために腕も広げられず、自分の心に従いもできなかった。僕を二度と見失いたくなかったから、従者に命じて、めぐりあった息子の肖像を手に入れた。

でも肖像だけだろうか。僕の居所と仕事が知りたくて、今も従者が僕を従けてるんじゃないか。振り返らずともちゃんとわかる。僕のメダイヨンを持っていったあいつは、僕から目を離さず後ろを歩いている。それが感じられる。足音が聞こえる。

少しのあいだ足をとめてみた。今の時間が何を意味しているかは明らかだ。家に帰るこの道のりが僕の運命を定める。今までどおりの人生を送るか、未知の新しい人生に飛びこむか、それは僕の決意次第だ。新しい人生は輝かしくも考えられるし、暗くも感じられる。今までと全然別だが、生まれたときから決まっていた道だ。不意にこれまでの人生がひどく親しいものとして意識された。自分を愛してくれるサボー未亡人の理髪部屋に僕の幸福はあった。「サボーさん」彼は口に出して言ってみた。「心配しなくても、僕はあなたのことは忘れない。他のどんな女性よりもあなたに敬意を払おうと、僕は固く決意した。それは何ものも揺るがせない。聞いてください、サボーさん――」

これ以上思いにふけることはできなかった。悲しみが襲ってきたからだ。これからもずっと今までどおりでいたいという気持ちが起こってきた。

あいつは僕を従けている。彼はそうつぶやいておずおずと目を脇にやった。思い切って振り向く勇気は出なかった。――まあいい。従けたいなら従けるがいい。撒こうと思えばいつでも撒ける。お笑い草だ。僕はここらあたりは隅々まで知っている。

彼はいきなり決心して走り出した。次の角を曲がって追い手を撒き、運命の手からのがれようとした。うるさいくらいに彼に呼びかけ、彼を待ち焦がれ、今は支配者の顔をして、挑むように前に立つ運命から。

だが彼は走り続けはしなかった。ほんの何歩かでまた立ちどまった。

まるで二つの目が彼に向けられ、その視線が曲がりくねる街路を通して彼を追っているようだった。じっと動かない悩みにあふれた顔も見えた。目は彼を見つけ、目は彼に張りついたようになり、嘆きの声をあげた。「わたしから逃げるのかい、わが子や、逃げるのかい。やっと見つけたと思ったら、またいなくなってしまうのかい」

――

テュルリュパンは上体をまっすぐ起こした。もうためらいはなかった。母さんが呼んでいる。母さんのもとに行かなくては。母さんと会わなければ。これは神の意志だ。神の意志が僕を三位一体会修道院教会に導き、あらかじめ定められた運命を僕の身に成就させたのだ。

だがまたしても昨日までの幸福が忍び寄って、彼をうっとりとさせた。小さなニコルの姿が浮かびあがってきた。毎晩彼の仕事が終わると〈使徒亭〉から一杯のワインをもってきてくれる。小さな服をはためかせ、スー銅貨を二枚握って、夕暮れの街路を走り、仔猫のジャミンが後を追いかけて跳ねる様子を彼は思い浮かべた。厨房ではサボーさんがお湯で皿を洗いながら、祖母が若かったころの歌を歌う。

「ル・アーブルにいたころは
彼氏がダンスを教えてくれて
ステップごとにキスしてくれた
愛神(クピド)もいっしょに踊ってた」

テュルリュパンは溜息をついた。目がうるんできて、胸がたとえようもなく苦しくなった。決心がつかぬまま立ちつくして自分自身と争っているうち、小さなニコルの姿は風にさらわれたように消えていき、代わってラヴァン公爵の柩を載せた黒い架台が目の前に現われた。まわりに暗い影のような聖職者やミサの侍者たちがうごめいている。祭壇から蠟燭の光に照らされた銀の磔刑像が仄かに光る。テュルリュパンは不意に思いあたった。この高貴な死者は自分の父だ。この言葉の意味を、彼は生まれてはじめて理解した。父の葬儀に参列しながら、僕は悲しいとも思わず、他人のように無関心だった。そう考えると不意に身が震えた。今になってようやく、あのときの陰気な厳かさをしみじみと感じられるようになった。四人の貴族が公爵の柩を肩に、よろめく足取りで近づいてくるような気がした。黒と紫の服を着た四人の小姓が脇に控えている。彼自身も喪服を着て、みずからの階級が指定する位置、小姓とラ・トレモイユ家の旗の後ろから、悲しみにあふれながらも昂然と頭を上げ、家名を継ぐ者として歩み、周囲から「復活ノ栄光ノウチニ（イン・レスルレクティオーンス・グローリア）」のとどろきが天に昇っていく。

理髪部屋の前に立って見張っていた小さなニコルが目をとめたとき、テュルリュパンはゆっくりした足取りで、見えない剣の柄頭（つかがしら）に片手をそえ、空想の中の柩の後ろについて十二使徒小路を歩いていた。

「テュルリュパンさん」ニコルは呼びかけた。「やっと帰ってきたのね。ほらほら、急がないと。お客さんがお待ちかねよ」

この人懐こい声の響きがラヴァン公爵の長子を鬘作りのテュルリュパンに変身させた。彼はあわてて剃刀と軟膏の壺とヘアアイロンのある場所に走り寄った。

7

テュルリュパンは木製の頭に鼻をぶつけぬよう身をかがめた。風雨にさらされ入口扉の上からぶら下がるこの頭は、ここで使い古しの鬘を買い取ったり加工したりもできますという印だった。テュルリュパンは古い鬘二つから新しい鬘一つを作る術を習得していた。

「よくお出でくださいました、テュルリュパンさん」隣家に仕事場のある染色師のピジョー氏が声をかけてきた。「お楽しみでしたな。ぶらぶらほっつき歩いて、あちこちであいさつして、お喋りに花を咲かせて。ところでわたしの鬘はどうなりました」

ピジョーは髪を乾かすための大きな銅の円筒に腰かけていた。そのずんぐりした短い脚は床に届いていない。禿げた頭にはサボー未亡人の手拭が広げられている。藍色に染まった手とみずから選んだ座り場所のおかげで、彼は遠い異国から来た人、たとえばバーバリー海岸からパリに来たばかりの人に見えた。

部屋は人でいっぱいだった。高等法院顧問官の秘書を務めているフロワセ氏は座りもせず、不機嫌な顔でいらだたしそうに歩き回っていた。部屋の隅でぼんやりしているのはブレ通りから来た織物商人の徒弟ガスパール氏だ。その足元に仔猫のジャミンが寝そべっている。秋の曇り空に消えゆく光が、ガスパールの萎びた頬にある赤い痣を浮きたたせていた。炉辺の腰掛けに馬乗りになっている幅広のどっしりした男は〈使徒亭〉のあるじで、その左脚は温めた砂を入れた桶に膝まで埋まっていた。医者が病んだ脚に砂風呂を処方したからだ。あるじは暇つぶしに、聖ポリュカルポス教会の助祭を相手に、彼がトッカーディラと呼ぶ骰子と盤を使ったゲームをやっていた。

サボー未亡人は編み器を前にして座り、栗色の髪を細い束に編んでいた。器用に動くその指を肩越しに覗いているのはル・グーシュ氏だ。この零落したピカルディーの貴族は借金取りから姿を晦まして隣家の屋根裏部屋に隠れている。そこには蠟燭の灯りも暖房もないが、ここに来れば両方にありつける。

「あそこです」とテュルリュパンはピジョーに言って、壁にかかった藁色の鬘を指さした。「頭頂と上半分と大きな巻き毛と脇の巻き毛と額の生え際はできあがっています。あとは旋毛と小さな巻き毛を入れるだけです」

「馬の毛が入ってるな」目を近づけてしげしげと鬘を見ていたピジョーが言った。

「ピジョーさん」サボー未亡人が手を一瞬止めて呼びかけた。「馬の毛なんて言わないでくださいよ。悲しくなってしまいますわ。わたくしどもは馬の毛なんぞ使っていません。ぼさぼさで艶もありませんからね」

「何をおっしゃる」ル・グーシュが叫んだ。「馬の毛がいつもぼさぼさだと言うなら、おかみさん、それは大間違いですぞ。言わせてもらえば、わたしは馬のことなら少しは知っています。わたしの馬車の馬を一度見てごらんなさい。二頭とも星葦毛（灰色の丸い斑のある白馬）ですがね、鬣の柔らかいことときたら、まるで山羊鬚みたいですよ」

「山羊鬚だって使い物になりませんわ」未亡人が言った。「鬘は人の毛にかぎります。いちばんいい毛はノルマンディーから来ます。あそこの女の人はいつもボンネットをかぶってますからね。風にさらされなければそれだけ、巻き毛が作りやすくなるんですよ」

「四と三で七だ」〈使徒亭〉のあるじが言った。「神父さん、駒は動かさないでくださいよ。一度サイコロを振らねばなりませんからね」

いっぽう染色師は鬘をかぶってみて、今度はけちをつけだした。

「頭に合ってないじゃないか。突風でも吹いたら飛んでってしまう。街中の笑いものになるぞ」

「違いない」ル・グーシュが加勢した。

「だいじょうぶですよ。ちゃんと合ってます」驚いたテュルリュパンが言った。「顳顬(こめかみ)から顳顬まで、頭の天辺から項(うなじ)まできちんと測りましたから。いいですか、鬘は馴染むまで少し時間がかかります。そもそもまだ出来かけですからね」

「くそお」料理屋のあるじが言った。「座りづめで背中が痛くなってきた。なにしろ昨日は寝てないんだ。昨晩はある若い女のところに行ってたんだが、亭主が急に帰ってきたもんで、地下室に避難するしかなかった。一晩中粗朶(そだ)の束のあいだで、猫を相手にしてるしかなかった」

「女好きもほどほどにしないと」寡婦が言った。「痛風にもよくありませんわ」

あるじは痛みと満足で顔を顰(しか)めて言った。

「一日中苦労が絶えんのに、おまけに脚も痛む。楽しみの一つくらいほしくなるだろう」

「それは自堕落な言葉ですよ」助祭がたしなめた。「駒に気をつけたほうがいい。恥をかくのはあんただ」

テュルリュパンはようやくピジョーを満足させることができた。ほっとして次にガスパールのほうを向いた。

「お待たせしました、ガスパールさん。御用をうけたまわります」

ガスパールが立ち上がった。猫は驚いて逃げ、今度は〈使徒亭〉のあるじのほうに走り寄った。だがあるじは猫嫌いだった。昨夜の情事の思いにふけりながら、丈夫なほうの脚をあげて猫を蹴りつけようとした。

猫は逃げ、あるじはまた不平をこぼしだした。

「神さま、一万匹の悪魔が脚の中で暴れています。もう辛抱できません。この四日間毎朝教会に行って、晴れてからっとした天気を祈りました。湿気は何よりの敵ですから。なのにどうしたことでしょう。日々雨続きじゃありませんか」

「わが友よ」助祭が同情をこめてなだめるように言った。「神が民の願いを全部かなえたなら、フランスは大変なことになりますぞ」

「あなたには」テュルリュパンの声が聞こえた。「いい膏薬があります。肌を滑らかでしなやかにして、白貨三枚しかかかりません」

あるじと助祭は今はすっかり勝負に熱中していた。フロワセは陰気で敵意のある顔つきで部屋をうろうろ歩き回っていた。ピカルディーから来た貴族は未亡人の薔薇色のふくよかな腕に手をすべらせて言った。

「マダム、わたしは今日旧友のシャヴィニさんに食事に招かれています。たいへんな学者でもっぱら自然を対象に研究しています。そのうえすばらしい料理を出すのです。なかには〈狩人風煮込み（ラグー・シャスー）〉もあります。この料理をご存じですか」

「〈狩人風煮込み〉ですって！」未亡人はうっとりした口調で叫んで思い出にふけった。「必要なのは子牛の肉一切れ、薄切りのハム、山鶉（やまうずら）の手羽。それからソース用の卵、肉切れのとろ煮のためのバター、そして玉ねぎ、酢、辛子（からし）、ブルゴーニュのワインを少し」

「玉ねぎは入れませんよ、おかみさん」ル・グーシュが異を唱えた。

「いいえ玉ねぎも入れます。半オンス、四分の一個分だけ。ほんのひとつまみだけ」

「ほらごらんなさい」料理屋のあるじが言った。「あなたの防衛線を突破しました。あとは前進あるのみだ」

「ハム！　子牛肉！　山鶉の手羽！」秘書が憤慨して叫んだ。「あの人らは享楽している。お屋敷に住んでうまいものをたっぷり食って――それなのに俺たちときたら――俺が朝何を食ったか教えてやろうか。パン一切れとシロップだけだ」

「シロップは血をきれいにするんですよ」未亡人が言った。

「でたらめ言いなさんな」料理屋のあるじが言った。「シロップが腹に真田虫（さなだむし）を湧かせるってのは証明されているも同然です」

「ああ」ル・グーシュが叫んだ。「するとフロワセさん、あなたは毎日朝食にミルクスープとビスケットと、それからトリュフで味をつけたそれなりの大きさの猟獣（狩りでしとめる獣。畜獣の対義語）の肉入りパイを食べたいんですね」

「パンという神さまが選び抜いた贈り物がどれほどすばらしいかを、世間の人はまったく知りませんでした」助祭が口をはさんだ。「値が安くて毎日食べられるのでまともに評価されないのです。わたしの生まれた村には農夫がいなくて木樵(きこり)ばかりでした。だから一年中パンを目にする機会がなくて、牛蒡(ごぼう)やサルシフィ（牛蒡に似た野菜）や野生の豆やコールラビを生で食べて身を養っているのです。それなのに健康で丈夫で、五時間かかる山のほうまで荷を曳(ひ)いていきます。八十歳になってようやくサン・ジャン・ド・モーリエンヌの救貧院に行きます」

「すると神父さん」とつぜんガスパールの驚いた声が聞こえた。「そんな人間は馬車馬のように生きて救貧院で死ぬって神さまが定めているんですか。そんなことを信じてるんですか。これが秩序だっていうんだからやれやれですよ。人は誰もが等しく幸せになる権利を持って生まれるってことが、あなたにはわかってないんですか」

　聖ポリュカルポス教会の助祭は何とも答えなかった。勝負に集中せねばならなかったからだ。だがガスパールの発言はピカルディーの貴族を不快にさせた。

「あなた」彼は呼びかけた。「よく復習できてるじゃないですか。近ごろは街じゅうでそんな言葉を聞きます。そいつは聖ミカエルの足元に描かれるあのずる賢い老哲学者の知恵です——誰のことかはおわかりでしょう（悪魔のこと）。いいえあなた、フランスは何事においても立派な秩序のもとにあります。わたしはこれ以上のものは望みません。富む者と貧しい者、飢えた者と満腹した者は、どんな時代にだっているものです」

「あなたが秩序と呼ぶものを」テュルリュパンに顎を剃らせながらガスパールは言った。「あなたが秩序と呼ぶものを、わたしなら強者の暴力的支配と呼びましょう。この秩序は誰のために作られたのでしょう。千二百人の追いはぎが、王様の合意のもとで、職業や地位やあらゆる幸福や富を彼らだけで分かち合っているんですよ」

「頭をのけぞらせてください、ガスパールさん」テュルリュパンが言った。

「気をつけるがいい」ル・グーシュがゆっくりと言った。「貴族としての名誉にかけて、そんな言葉は聞きたくない。もっとつまらないことでフロリダやグアドループに送られる者もいる。誰の体にもよろしいとはいえない旅ですぞ」

ガスパールは何か考えるように煙で黒ずんだ天井を見つめていた。思いははるか西方の島々に行っているようだ。

「わたしをグアドループに送ろうというのですか」彼は言った。「それがどうしたというのです。『海ヲ渡レバ空ハ変ワレド心ハ変ワラズ（カエルム・ノーン・アニムム・ムーターント・クイー・トランス・マレ・クルント）』（ホラティウス『書簡詩』の引用）。異国の空の下でも、わたしはわたしのままでしょうよ」

「ならよろしい」ル・グーシュは言った。「ラテン語はわたしにはわからない。だがそんな話をしたおかげで笞刑（ちけい）に処せられることもある。気をつけておくがいい」

　そしてこれで話は終わりだというようにサボー未亡人のほうを向いて、胸のことを暗に指して言った。

「わたしは何年も前に退役しましたが、もしそうでなければ、奥さん、あなたの要塞を攻撃したいものです」

「それはどうも御親切に」寡婦は編み器から目もあげずに答えた。

　ふいに扉が勢いよく開いて、小さなニコルが戸口に顔を見せた。巨人のような体格の、セーヌの舟乗りの服を着た男の上着の裾をつかんで、全身の力で部屋に引き入れようとしている。

「ほら入ってよ。どうしてためらうの？　どんなふうにでも望みのままよ。テュルリュパンさんくらい腕の立つ人はいないから」

　男は驚いた様子で足元の小さな姿を眺めた。そして〈使徒亭〉のあるじの前で帽子を取った。舟乗りはどういうわけか彼をこの家の主人と思ったらしい。

「あっしら二人は」彼は言った。「つまりあっしと相棒は、この家の前でサン＝シェロンさまを待ってたんです。お友だちが会いたいと言ってるから乗せていけ、行先はわかっているという命令を受けたもんで。ほら、先週金曜の例の一件以来、一人ではお出かけになれなくなったでしょう。するとこのちびがやってきたんです」

そう言うと彼は身をかがめて、たいそう気を配って、ニコルの両手から上着の裾を放した。

「サン＝シェロンを待っているのか」ル・グーシュが声をかけた。「命令すると街から街へ伝わるというあの人かい。奴はどこにいて、どこに行けば会えるんだい。それから聖マルタンの日とやらは何なんだ。誰もかれもが話の種にしてるあれは。もしサン＝シェロンに会えるなら、少しばかり話があるんだが」

セーヌの舟乗りはあきれたようにル・グーシュの顔を見た。何か言いたそうに唇を動かしていたが、いきなり大声で笑い出した。

「サン＝シェロンさまに会いたいって？　こいつは傑作だ！　聞いたかヤーコプ。お前も入って来いヤーコプ。サン＝シェロンさまに会いたいって方がここにおられるぞ」

「黙らんか阿呆」街路から声が聞こえた。「出てこいお喋り野郎。お前は口の開け閉め以外に能がないのか」

舟乗りの背後から髭もじゃの顔がぬっと出てきた。巨大な櫂も目に入った。叱られた男は一瞬口を開けたまま呆然としていた。それから心を決めたのか、こちらに背を向け、何も言わずに足音高く外の闇にまぎれこんだ。

「おかしな奴だ」ル・グーシュが言った。「あんなのが少し前から街をうろちょろしている。暴動の噂か何かを聞きつけたんだな。おとなしく野菜舟に乗っていればいいものを。陸にあがると不格好なのは亀そっくりだ」

ガスパールが立ち上がった。テュルリュパンが上着を着せてやるあいだに、彼はサボー夫人の勘定台に二スー置いた。そして部屋にいる人たちにお辞儀をしてから、いつものように物思いにふけりながら静かに店を去った。

引き続いて〈使徒亭〉の亭主も友の助祭に身を支えられ足をひきずりながら出ていった。テュルリュパンはこのときを待っていた。誰の耳にも入れたくない話をフロワセとしたかったからだ。

8

テュルリュパンは高等法院顧問官の秘書に近づき、とても丁重なお辞儀をして言った。

「もしよろしければ、お役に立たせていただきます」

殉教者のような表情をしてフロワセは椅子の一脚に腰をかけ、テュルリュパンに希望を伝えた。

「とにかく手早くやってくれ。この椅子は座りにくくてかなわん。右は耳のところまで。左は肩のところまで」

テュルリュパンは鋏(はさみ)と幅広の櫛(くし)に手をのばした。

「その髪型ですと、ご愛用の兎革の縁なし帽はお召しになれません。縁(つば)が広くて長い羽根飾りのついた帽子が似合うようになります」

フロワセはこの助言にたいそう気を悪くした。上役の高等法院顧問官から新しいものを贈られるまで、ずっとかぶっておこうと思っていたのだ。

「なるほどな」彼は不機嫌につぶやいた。「何かほかに変わったことはないかね」

「変わったことですか。そうそう、変わったことといえば一つございます」熱意をこめてささやいた。「これはあくまで内緒なんですが、聞いたらきっとびっくりしますよ。あの高貴なご婦人が、と言えばあなたも誰かおわかりでしょうが——」

「声が小さい！」フロワセが言った。「一言もわからん」

「それじゃわたしのほうから、もう一度話そう」ル・グーシュが部屋の向こうから声をかけた。「ちょうど今サボーさんに話したところなんだが、お亡くなりになった王様の最後の治世の頃、わたしのとこの賃借人は子豚を十七スーで売っていた。今はスープ用の鶏が同じくらいする。何をかいわんやだ」

「簡単に言えば公爵夫人は」テュルリュパンはささやき声で続けた。「婚外子を一人もうけて、それを世間から隠しているのです」

「それがわたしに何のかかわりがある」フロワセが言った。

「でも驚くじゃありませんか」

「ちっとも驚かんね。そんな話はたんとある。ひところは多くの貴人にとって、男の相続人は危険なものだった。わたし自身もユグノーの貴族を一人知っていたが——」

「でもその息子は」テュルリュパンはさえぎって言った。「自分の出自を知っていて、自分の権利を主張しているんです」

「ああ、それじゃ話が別だ」秘書はそう叫んで、自分と上役がその訴訟から得られる金額をすばやく見積もった。「たいそうややこしい法律案件になる。所轄は高等法院だ。もし高等法院でその事実が認められたら——」

鋏を手にしたテュルリュパンは目を閉じて幸せそうに微笑んだ。彼は内心で緑の絹糸が垂れた赤い封蠟を押した羊皮紙を見た。

「もちろん」秘書は続けた。「そう簡単にはいかない。高等法院ではどんな主張にも根拠がなきゃならん。何か持ち出すたびに、あちこちからこう言われる。『根拠は何ですか。根拠を教えてください』」

「自分の権利を勝ちとるには何をしなきゃならないんですか」

「まず受洗者名簿の抜粋を取り寄せる」フロワセは説明した。「それには金がかかる。それから推薦者が二人いる。ローブを着た者と剣を佩いた者一人ずつ。それは金を払えばなんとかなる。最後に誓言保証者と証人が必要だ」

「証人ですって」こわばった声でテュルリュパンは言った。「そんなときは、どこで証人を見つけてくるんでしょう」

「金さえあれば証人はいくらでもみつかる」秘書が答えた。「少しも難しくはない」

不安で心を重くしながらテュルリュパンは仕事を終えた。金なんかぜんぜんない。すぐ金を集めるにはどうすればいいだろう。晴れ着は十二リーヴルで売れる。羽根布団、小さな銀の磔刑像、それから王女ジュディットが描かれた壁掛け(タピスリー)。だが羽根布団も壁掛けも僕のじゃない。サボーさんのものだ。

そこでテュルリュパンは暗い声でささやいた。

「金ですか。その人はぜんぜん持ってないんです」

「金がないだと」秘書は腹を立てた。「なぜ先にそれを言わない。金がなけりゃどうしようもない」

テュルリュパンは鋏と櫛をわきに置いた。そして心配そうに言った。

「その人は貧乏なんです。どこから金を持ってくればいいでしょうか」

「それはそいつの問題でわたしのではない」秘書はきっぱり言った。「少なくとも五千リーヴルは要る」

「それなのに僕は、白髪一束で十分だと思ってた」がっかりしたテュルリュパンはごく小さな声でつぶやいた。

フロワセは立ちあがり帽子を手にとった。だが部屋は出ていかなかった。立ったまま何か考えていた。いきなりテュルリュパンの肩に手を置いて、部屋の隅に引っ張っていった。そして小声で親し気に言った。

「手紙を書いて、何もかも知っていると言ってやっちゃどうだ」

「手紙を書くですって。誰に書けというんです」テュルリュパンが聞いた。

「そうやってこの件をうまく利用すればいい。お前は秘密を握っているんだから」

まだ合点のいかないテュルリュパンに、秘書はもっとわかりやすく言った。

「沈黙の代償として金を払えと言うんだ」

「フロワセさん」企み（たくら）の恐ろしさに彼の顔は青ざめていた。「あなたはひどい人だ。もう何も言わないでください。そんなことは聞きたくない」

高等法院顧問官秘書はなおも物の道理を説いてテュルリュパンを納得させようとした。

「どうもわからんな。自分の暮らし向きをよくしようと思わんのか。ああした老いぼれでがりがりの着飾った牝牛に、ああいうけちん坊になぜ同情するんだい」

「誰のことです」テュルリュパンが叫んだ。

「公爵夫人さ」

「ああ」テュルリュパンは叫んだ。「それはあんまりだ」

彼は背筋を伸ばした。畏敬を起こさせる母の気高い顔が、悲しみで神々しくなった表情が、彼を探す眼差しが、夢でも見ているように浮かんできた。母さんは侮辱された。彼は祖先の高貴な精神が自分のうちに目覚めたような気がした。自分がどういう態度をとればいいのかがわかった。

テュルリュパンは冷ややかな口調で高等法院顧問官秘書に言った。「ひとつだけ理解できました。あなたは僕が剣を手にしているところを見たいのですね」

「奥さん、今の言葉を聞いたかね」ル・グーシュが呼びかけた。「炬火(たいまつ)のもとで決闘だ。よりによって秘書と床屋の決闘か。こいつは面白いことになりそうだ」

「テュルリュパンさん！」と未亡人が叫ぶと同時に、フロワセが言った。「剣を手にした君を見るのは、道化君、憐れむべき楽しみになるだろうね」

「名誉の償いをしてもらおう」ぼんやりと決意しながらテュルリュパンは言った。

「償いがほしいのか」秘書があざけった。「よしわかった。薄のろ、お前はわたしの髪を切った。ここに二スーある。これが唯一の償いだ。その人には折を見てわたしから手紙を出してやろう」

「ああ」テュルリュパンが叫んだ。「もう我慢できない」

そしてフロワセに突っかかっていった。しかしフロワセはよけて、テーブルを飛び越えると、いきなり蠟燭を二本吹き消した。暗がりの中で椅子のひっくりかえる音、寡婦の助けを呼ぶ声、洗面盤の割れる音、そして勝ち誇ったテュルリュパンの声が聞こえた。

「とうとうつかまえた。さあどうしてくれよう。これで逃げられまい」

「おいおい」ピカルディーの貴族が言った。「お前さん、なかなか力が強いな。だがいいかげんに放してくれ。さもないといやというほど平手打ちをお見舞いするぞ」

同時に別なほうから秘書の声が聞こえた。

「どこに目をつけてやがる、海綿野郎。こっちに来い、吸い玉野郎。わたしと争えばどうなるかを教えてやる。魚の骨でお前の腹を裂いてやろうか」

「お前を絞め殺してやる」テュルリュパンが呻いた。闇の中で砂桶や万力や灰受けや箒やヘアカーラーを蹴散らした。「骨をへし折ってやる」

「聞きましたか、ル・グーシュさん」寡婦が言った。「首を絞めてやる、骨をへし折ってやるですって。どうか二人を引き離してくださいませ」

この混乱が不意に灯りで照らされた。寡婦が倉庫兼寝室兼台所として使っている部屋から、寝間着に包まって、蠟燭の燃え残りを手に、小さなニコルが出てきて、悲しそうな声で言った。

「テュルリュパンさん、何が起こったの？　あたしの猫に何をしたの？　ジャミン、かわいそうなジャミン、どこに行ったのかしら。どこにもいないの」

テュルリュパンは自ら散らかした部屋の真ん中に立って喘（あえ）いでいた。彼は自分の敵を探した。だが秘書は、灯りがつくと、これ幸いと表の街路に出て扉の前に立った。わが身が安全と知ると、テュルリュパンに向けて、手で軽蔑と憐れみに満ちた仕草をした。テュルリュパンは髪をぼさぼさにし、擦り傷だらけになり、息を切らせ、額に血瘤（けつりゅう）を一つつくり、顔を灰で汚して、蠟燭の光の中に立っていた。

「おかみさん、こいつを見てやってください。キリストさまがこんな薄のろのためにも死んだと思うと悲しくなりませんか」

鬘用の木の頭が音を立てて部屋を飛んだ。しかし狙いは外れた。秘書が逃げたからだ。テュルリュパンは火ばさみを手に、殺しも辞さないつもりで、店の出口から飛び出した。フロワセが一番手前の角を曲がって消えるのがかろうじて見えた。

サボー未亡人は愚痴をこぼしながら床から洗面盤の破片を拾い集めた。小さなニコルはシーツに包まり、寒さに震えて、炉端の椅子で見つかった仔猫を抱きしめた。ル・グーシュは腕を撫でた。

「あいつが手紙を書こうものなら」テュルリュパンは惨めな気持ちでつぶやいた。

「頭蓋骨を叩き割ってやる。名を教えなくてほんとうによかった。また顔を見せたら――」

彼は固まったように立ち、火ばさみが手から落ちた。風がいきなり部屋に吹き込み、ピジョーの鬘の髪を逆立たせ、炉端の長椅子で疲れてうとうとしていたニコルのシーツをはためかせた。

とつぜんテュルリュパンは振り向いた。サボー未亡人に走り寄ると、扉のところまで引っぱっていった。

「ほら、あそこを見てください」彼は興奮にわれを忘れて、つかえながら言った。「向こうから来てくれました。ほらあそこです。あの秘書は嘘をついていた。金とか誓言保証者とか根拠とか言ってたけど全部でたらめだ。あの人は自分から来てくれた。僕がどこにいるかわかったんだ――いつかはこうなる運命だった。金も証人ももう必要ない。サボーさん、僕は幸せだ、とてもとても幸せだ」

そして未亡人の手を万力のように握りしめて、がたがた音を立てて、重々しくゆっくりと夜の十二使徒小路を通り抜ける馬車を指さした。

9

翌日テュルリュパンは何事もなかったように朝早くから仕事をはじめた。寡婦がミルクとパンを部屋に持っていくと、彼はもう万力のところにいて、ピジョーの鬘に付ける巻き毛の長さを整え、オリーブ油を一滴たらして滑らかでしなやかにしていた。その作業に気をとられているらしく、目もあげずミルクも冷たくなるままにまかせていた。彼は質問や非難が飛んでくるのを恐れていたし、昨夜嬉しさと幸福のあまりにあやうく秘密を洩らしそうになったきっかけを作った寡婦を許せもしなかった。彼女の不安で心配げな目を感じているあいだは、ピジョーの藁色の鬘は彼にとって世界で一番大事なものだった。だが未亡人が部屋を出ていくと、たちまち道具を放り出して物思いにふけりだした。夢見る目でぼんやりと眺めているうちに日常のありふれたもの——テーブルや暖炉の長椅子や鉄製の薪載せ台や仕事用具は消えていき、そしてラ・トレモイユ家のどっしりした豪華な馬車が、曲がりくねる道をやって来て、狭く暗い人生から待ち焦がれた大いなる運命の輝きへ彼を連れ出すのが見えた。

だが時間は空しく過ぎ、ラヴァン公爵夫人からの使いは来なかった。晩遅くなって床屋に最後の訪問者である貧しい毛織工——神へ罪を贖(あがな)うために寡婦が月に一度無料で髭を刈らせてやっている男——が帰ってしまうと、テュルリュパンは櫃(ひつ)から晴れ着を出して、サボー夫人に別れを告げた。

「行かなくてはなりません」と彼は言って目を伏せた。「雨がもう少しおさまるまで待ちます」

「行くですって」寡婦はとまどって言い、悪い予感を覚えた。テュルリュパンがこんな時間に家を出ることはついぞなかったから。いつもは暖炉の長椅子に座って『知恵の封印』を読んでいるのに。「行くですって。こんな遅い時間に。雨も降ってるのに」

「そうですね」彼は自分の新調の上着を心配そうに見た。「雨は今日中にはやまないでしょう。外に出たくはないけれど仕方ありません。指示を受けたので従わねばなりません」

「なんでそんなにヴォークランさんの注文を気にするんだろうね」熱をこめて寡婦は言った。「あの人は自分で林檎(りんご)酒を売ることだってできるだろうに。それともあそこの娘に頼まれたのかい。それならあんたの熱意もよくわかるよ」

「おかみさん」テュルリュパンは表情を暗くして言った。「僕はヴォークランさんもヴォークランさんの娘も知らないし、林檎酒のことも知りません。僕が受けた指示はそういうものではありません。僕を呼ぶのは神さま御自身なんです」

「ヴォークランさんを知らないだって」気を高ぶらせて寡婦は叫んだ。「誰がそんなこと信じるもんですか。昨日あの人が来たとき――」

彼女はそこで言葉を切った。驚きと辛さの混じった表情がその顔に浮かび、目に涙があふれた。

「テュルリュパンさん、メダイヨンはどうしたの。大事にするって約束だったじゃないの。あなたさっき邪な企みを繕おうとして神さまの名を持ち出したけど、あたしとあなたがいっしょになった肖像のメダイヨンをつけちゃいけないっていうのも、神さまのご指示なの」

テュルリュパンは自分の胸を探ってみた。

「メダイヨン」彼はうろたえてつぶやいた。「ええ、持っていません」

だがいきなり彼の顔は晴れやかになった。

「サボーさん、メダイヨンは鎖がちぎれてしまったんです。昨日の夜、暗い中であの秘書の野郎と揉みあったときに。今日の朝早く銀細工師のところに持っていったら三スーとられました」

彼は口をつぐんだ。ひとつの窮地からもっと大きな窮地にはまってしまった。サボーさんがその銀細工師の名をたずねようという気を起こしたらまずい。彼は腕をたらし、寡婦の顔を不安交じりの期待で見つめた。

だがまさにそのとき香料商人のコクロー氏がずぶ濡れになって戸口に現われた。靴から水がしたたり、風で髪が乱れ、走ってきたせいで息を切らしている。この闖入者（ちんにゅうしゃ）をまったく歓迎しなかったサボー未亡人は、ほどほどの敬意をこめてあいさつをした。

「あらコクローさん」彼女は言った。「雨の中をわざわざ来てくださったんですね。感謝しますわ」

そして不機嫌を完全には抑えきれないままにこう言い添えた。

「毎日のように友情の証を示してくださって」

「奥さん」コクローはうやうやしく言った。「あなたにお辞儀することができて光栄です」

そしてマントを椅子の背もたれに広げて暖炉に向かった。その隙にテュルリュパンは扉を抜けて外に出た。自分は二度とサボー夫人の理髪部屋に戻らないことを彼は知っていた。扉をゆっくりと閉めながら、このときまで一番愛しかったものをしばらく見て別れを告げた。『知恵の封印』と題された本、そして今は眠っている小さなニコル。

「ほんとうに行ってしまった」悲し気に寡婦は言った。「あたしの言うことも聞かないで」

「少しばかり無礼な恋人ですな」暖炉で足を乾かしながらコクローが言った。

「あらコクローさん、あなたはまるきり誤解してますわ」寡婦は声をあげた。「あなたはテュルリュパンさんを知らないんです。あの人は度量と心の暖かさと、それに世界で一番の技も持っているんですよ」

「だが惜しむらくは頭がおかしい」コクローが言った。「キリスト教世界で一番の愚か者です。信じてもらえんかもしれませんが、あの男は先週わたしの店に、地獄には二十四人の王さまがいることがわかったと、ただそれを言うためだけにやって来ました。めいめいの名まで知っているそうです」

「それはあの人の本に書いてあるんです。カルメル会の神父さんが置いていった本です。聖ルイを讃えた詩といっしょに。でもたしかに、テュルリュパンさんはときどきとても変になります。昨日だって、ヴォークランさんのあのおんぼろの馬車が、何かとても素晴らしいものに見えたらしいんです。ヴォークランさんは年に二度、村から林檎酒の買い手を探しにくるんです。そしてレカロピエさんのところにお嫁に行った娘さんを訪ねるんです」

「レカロピエの奥さんなら知ってます」コクローが口をはさんだ。「田舎の出で、結婚した日の夜に叫びまくって言うことを聞かない素振りをしたそうですな」

「今は」寡婦は続けた。「旦那さんを欺いてるんですよ。でもそうされても仕方ありませんわ。なにしろ鈍くて見栄っぱりで、愚かな人ですから。でも奥さんのほうだってあまり分別もありませんしね」

彼女の思いはテュルリュパンのほうに戻った。あの人はレカロピエの奥さんの網に絡み取られたんじゃあるまいか。そんな気がますますしてきた。コクローさんもそれは確かだと思っているらしい。

「わたしは」コクローは言った。「愛していたある女からひどい目にあったことがあります。ええ、わたしはある女を愛したことがあります。もしこれを黙っていたら、わたしはあなたの友情にまったく値しない人間になるでしょう。ええ、正直でものがわかって安定した収入もある男をまともに評価しない女がいたんです」

少しのあいだ二人とも黙った。やがてコクローは　自分の境遇と人となりと好みについて親し気に説明をはじめた。

「神さまのおかげでわたしの収入は安定しています。香料店をやっていくのは、サボーさん、そんなに簡単じゃありません。でも一つ言えるのは、人のほしがるものがあれば商売はなりたって、それで食っていけるんです。胡椒とかサフランとか油とか酢なんかは誰もが使うものです。要は買い付けのときだまされないようにすることです。お客は何もしなくてもやって来ます」

彼は片腕を寡婦の腰に回して自分のほうに引き寄せた。

「きれいで愛想がよくて、それほど年をとっていなくて、仕事もできる妻を見つけるのはむずかしいんですよ。誰もがそんないい点ばかり兼ね備えてるわけじゃありませんから。しかも妻なら、塞ぎがちなわたしの気分の引き立て方も知ってなきゃいけません」

10

そのころテュルリュパンは市壁の外に出て、河沿いの草原や砂の台地に降りしきる雨の中を歩いていた。夜は暗かったがテュルリュパンは道を知っていた。隣に住む公証人の助手から、ラヴァン公爵の屋敷は郊外のシュレンヌにあると聞いていた。二軒の水車小屋の向こうにあって、サン-ヴァンサン中洲へ掛かる木の橋からそれほど遠くないところだという。

冷たく湿った風がまともに顔に吹きつけてきた。だがテュルリュパンはマントを両手でしっかり押さえて先を進んだ。今夜のうちに母さんに会わなければとひたすら思いつめ、もはや少しも待てず、くりかえし「母さんは僕の肖像を持っている。だから僕も母さんの肖像が欲しい」とつぶやいた。この言葉は彼の意志を鋼（はがね）のように堅くし、彼に力を与え、企みに必要な勇気を与えた。

雲間から月が顔を出してテュルリュパンに水車小屋を見せた。小屋は彼の目に盛りあがった河の水のように見えた。やがて道は河岸から逸れていき、シュレンヌの平地に散在する家の暗い輪郭が目に入った。中でもひときわ高く聳えるのがラヴァン公爵の屋敷だ。

広々とした草地の真ん中に釣瓶井戸がある。前方に張り出た二基の角櫓に広壮な館が挟まれている。坂道に石が敷かれ、窓の長い列が明るく灯っている。そして門扉の上方には二輪の薊と横帯、そしてその下に武器を握った拳をあしらったラ・トレモイユ家の紋章があった。

少しのあいだテュルリュパンは井桁にもたれていた。次いで門扉の上の石の紋章にお辞儀をした。これを見るのは初めてではない。しばらく立っているうちにますますはっきりしてきたのは、自分がこの屋敷の姿を一度も忘れていなかったこと、うす暗い影じみたものとしてずっと記憶に温めてきたことだった。子供のころ吹き消された夢が不意に目の前を通り過ぎた。生真面目で誇り高い目をした父の傍らに座り、赤い天鵞絨が張られた馬車に乗って、冬の雪の中をミサに向かっている。

教会の鐘が十一時を打った。いまにも明々と灯る窓が一つ開いて、白いしなやかな手がこちらにいらっしゃいと合図をしてくれそうな気がした。彼は身を起こした。いよいよその時が来た。彼はゆっくりと広場を横切り、ゆるやかな坂道を上っていった。

そして二度、父の屋敷の扉を、開けてくれと叩いた。

人声がして、鍵を開ける音がすると、蝶番が軋みながら回った。カンテラの光が顔に当たった。仕着せの召使が二人、彼の行く手をふさいだ。

「どなたでしょうか」

「名前なら公爵夫人に名乗ります」テュルリュパンは言った。

光が白い髪の房から縺った靴のほうに動いていった。

「公爵夫人に何の用だ」カンテラを持った男が言った。

「それは公爵夫人に直接伝えましょう」テュルリュパンは誇らかに言って、言葉の効果を確かなものにした。

「何という恥知らずだ」館の中から澄んだ少年の声が聞こえた。「われわれが待っているのはこいつじゃない。きっとあいつらの仲間だ。鞭でひっぱたいて追い払ってしまえ。こいつを来させた者に思い知らせてやれ——」

鞭の一撃がテュルリュパンの肩を打ち、続いて腕を打った。胸を突かれてテュルリュパンはよろめいた。音を立てて門扉が閉まった。絶望して、恥と怒りにわれを忘れて、彼は闇の中に立っていた。

「奴らは母さんに会わせてくれない」声をつまらせて彼は言った。「あの召使の野郎、僕を鞭で打ちやがった。マントはどこにいった。あいつらにはまったく腹がたつ。今に見ているがいい」

涙が目に溢れた。彼はひきつった声で運命の不条理を笑った。屋敷の中では祝い事をやっているのに、真のラヴァン公である僕は雨に打たれて窓の灯りを見上げている。「母さんは入れてくれない」打ちひしがれた彼はつぶやいた。「僕との再会を恐れている。秘密は僕の胸だけにとどめておいてほしいと思っている。僕がテュルリュパンのままでいてほしいのだ。ならそうしよう。だが母さんは僕の肖像を持っている。だから僕も母さんの肖像がほしい。それは僕の権利だ。それ以上を望んだりはしない」

彼は考え込んだ。日中ならあの屋敷に入るのは難しくないかもしれない。きっと大勢の召使が始終出入りしているだろうから。ということは明日まで待たねば。でもここで。テュルリュパンは凍えてきた。床屋には帰りたくなかった。岸まで行って橋の下で寝るか。だがきっと鼠がいる。近くには厩(うまや)も納屋もない。

右手の二十歩も離れていないところに、聖画像に通じる石段があった。像の上に屋根がしつらえられていた。木造の屋根があれば雨宿りできるばかりか、手足を広げて横になることもできるかもしれない。

しかし途中まで行ったところではたと立ち止まった。怒りと憤りが彼をとらえた。

自分が運に見放された理由がわかった。階段の上に、マントに包(くる)まった物乞いがひとりうずくまっていた。

11

物乞いが一人階段にいる。こいつも神のスパイ、あさましい組合(ギルド)の一員だ。正直者の金で飽くことなく肥え太る奴らだ。夜になっても施し目当てに座っている。先ほどは目に入らず、一スーもやらずに通り過ぎた。だがこの罰当たりな者はがめつく、分別がなくて邪(よこしま)だから、神に僕のことを嘆くだろう。神さまはこいつの中傷を信じて、手下に命じてこのテュルリュパンを鞭打たせ天国の扉から追い出すだろう。

テュルリュパンは苦し気な目を黒い雨雲がおおう天に向けた。金はないかとマントを探ったが、あったのは玉ねぎとパンの欠片(かけら)だけだ。パンを乞食に投げてやってこう言った。

「それでも食って僕を放っておいてくれ」

物乞いは動かなかった。パンは石段の一番下に落ちて転がったままだ。

「お前をだまそうってわけじゃない」わけがわからずテュルリュパンはつぶやいた。

「そいつを取って袋に入れておけ。わからないのか。僕が無慈悲とはもう言えまい。パンだって施しには違いあるまい。金と同じだ。欲しくないのか」

あまりに罰当たりで高慢ちきな物乞いを目の前にしてテュルリュパンは腹を立て、目を天にあげて、今度は彼のほうから神に訴えた。

「神さまご覧になりましたか。あいつはパンを取ろうとしません。金を欲しがっているのです。パンじゃ満足できないのです。こんな罰当たりの言うことをお聞きになるのですか。奴のおかげで僕が鞭打たれるのをあなたはお許しになった。僕には金が一スーもありません。パンと小さな玉ねぎ三個きりです。何も隠してなんかいません。さっきは暗かったもんであいつが目に入らなかったんです。僕は不当な目にあっています。神さまお聞きですか。あなたに話しかけているのはテュルリュパンです」

雨粒を巻き込んだ風がテュルリュパンの顔を打った。彼は空しくマントの端で身を守ろうとした。そのとき物乞いが身を起こした。

「君」物乞いはざわめく嵐に負けないよう声を上げて叫んだ。「わたしは何もかも見ていた。あいつらが無礼な仕打ちをしたことも、屋敷から追い出したことも。君はどうやら信頼に値するまっとうな人のようだ」

テュルリュパンはマントを手から放し、当惑して固まったように立ち、目で闇を透かそうとした。違う。これは物乞いの話し方じゃない。この男は命令に慣れた声をしている。だが物乞いでないのなら、どうして雨の中を聖画像の階段に座っているのだろう。

「お前は誰だ」テュルリュパンはたずねた。「こんな雨と風の中で、泊まる所がないのか」

見知らぬ男はテュルリュパンの手をとって木造の庇のなかに引き入れた。

「わたしはある高貴な方にお仕えしている。その名は教えられない」男は言った。「その命を受けてここに座って見張りをしているのだ。ところで君、君はあいつらにひどい目にあった。あのラヴァン屋敷の誰に会うつもりだ」

「公爵夫人に話がある」テュルリュパンは答えた。「でも中に入れてもらえなかった」

「公爵夫人か。もしわたしの手で、君を中に入れるよう計らえるとしたらどうする」

「また鞭で打たれるのが関の山だ」沈んだ声でテュルリュパンは言った。

「打たれやしない。こちらにまかせろ」見知らぬ男は断言した。「それどころか、このうえなく丁重に迎えてもらえるだろう」

テュルリュパンは心配げに門扉に目をやった。そして考え込んだ。

「もし最初よりましな迎え方をしてもらえるのが確かなら」やがて彼は言った。「そしてあなたが本当に、名も知れない僕を助けてくれるくらい心の気高い人であるなら――」

「わたしは君の役に立ちたいと願っている」見知らぬ男は言った。「もちろん条件が一つある。それは呑んでくれるとわたしは確信している。君には何でもないことだ。ついて来たまえ。そうすれば自ずと明らかになる」

「行きましょう」テュルリュパンは言った。そして身をかがめ、見知らぬ男が先を行くあいだにこっそり階段のパンを拾って懐に入れた。

二人は広場を横切って河のほうに向かい、繁る灌木を抜け、堤防に沿ってしばらく歩いた。やがて道は下り坂になった。岸辺の葦に風が吹きわたり、その単調な歌がゆったりと流れる河の水音と合わさって一つになり、物憂げな旋律を奏でていた。

渡し守の小屋が闇の中から浮かびあがった。テュルリュパンの案内者は立ち止まり、木の鎧戸(よろいど)を叩いた。

「開けろ、斑(ぶち)野郎」男は呼びかけた。「俺だ」

髭面に痘痕のある大男が戸を開けた。二人は部屋に入った。ちらちらする暖炉の炎の赤らんだ光は、部屋の隅しか照らしていない。大小の漁網が低い天井からぶらさがり、亡霊のように動く奇妙な形の影を壁に投げている。テュルリュパンはひそかに隣の男に目をやった。闇の中では物乞いにしか見えなかった男は、写字生のなりをしていた。黒い法服、白い襞飾り、腰帯にインク壺と鳥の羽根。枯木のように痩せ、不格好な体つきで、土気色の顔に無数の細かい皺が寄っている。

写字生は暖炉に寄って両手をかざした。暗がりから豚が一匹出てきてテュルリュパンの繕った靴に鼻をこすりつけた。

「魚はまだ桶の中か」写字生がたずねた。

「いや」渡し守が言った。「もう河で泳いでいる。石が泳ぐように泳いでいる」

「叫んだか」

「ずいぶんとな。世界中に聞こえるくらいに。山でも谷でもやると俺に約束してくれた」

黒い法服の男は暖炉の炎に目を据えていた。

「一匹の叫ぶ魚に」男はテュルリュパンのほうを見ずに言った。「一匹の魚にあらゆる現世の富ばかりか、永遠の至福までが保証されている。そろそろ河に戻してやる頃だ。どうだ、君はどう思う」

「聞いたことはある」テュルリュパンは沈んだ声で言った。「だが本当にいるとは思わなかった」

「断末魔の苦しみで叫ぶ魚もいる」炉端の男がつぶやいた。「この河の流れを誰が知ろう。それを知り、その秘密も知っているセーヌの舟乗りは、隠して人に話したがらない。ところでわが友よ——本題に入ろうか」

痘痕面の渡し守が網を釘から外し、肩にひっかけると外に出ていった。三つのものが部屋に残った。テュルリュパン、写字生、暖炉の灰を掘り返す豚。

「恥知らずにも君に門前払いをくらわしたあの屋敷で」写字生は話し出した。「今夜ピエール・ド・ロンシュロル、あのノルマンディーの筆頭男爵(プルミエ・バロン)を座長とした集会が開かれる。フランス全州の謀反気(むほんぎ)のある貴族の代表がそこに集(つど)う。国王陛下と国家の専制に逆らう決議がされるのは間違いない。わたしに命を下した者は、信の置ける者をどうにかしてラヴァン屋敷に潜入させ、一部始終を報告させたいと思っている。わたし自身ではだめだ。面が割れすぎている」

「こっちだって」テュルリュパンが言った。

「一度見たくらいじゃわかるまい。まったくの赤の他人だからな。よく聞いてくれ——運はこちらにある。この集会にはバス・ブルターニュの貴族も派遣されている。ルネ・ド・ジョスラン、シュール・ド・クトケンだ。この貴族はパリに向かう途中で事故にあった。奴の素性(すじょう)がわかった。そこで奴に近づき、一言で言えばそいつを負かした」

「ゲームでもしたのか」テュルリュパンはたずねた。「二人でやったのならトッカーディラか何かか」

炉端の男が目をあげて短く恐ろしい笑い声を発した。

「そうとも。二人でやるゲームだ。名は何とでも呼ぶがいい。つまるところそいつは何もかも失った。乗っていた馬も、服も、身分証明書も、剣や鬘までも一切合切(いっさいがっさい)」

男は炉端から立ちあがって櫃からまだ新しい美しい燕尾服を取りだした。続いて長靴下、マント、剣、乗馬用長靴、羽根飾り帽、そして鬘も。

「ほら見ろ、全部そろっている。これがあればお前はド・ジョスランに化けられる。この鬘さえかぶれば、お前の母親だってお前を見分けられまい」

「何を言う」テュルリュパンが声をあげた。「そんな鬘かぶってたまるか」

「髪なしで行くのか」写字生が叫んだ。「そりゃ無理だ。立派な家柄の奴らは王にならって髪をつけている。髪がなくては何もかもだいなしだ。見てみろ、最上の仕上がりだ」

「本当だ」テュルリュパンも同意した。「これを作った奴は仕事のやり方を知っている」

「よしよし」写字生が言った。「分別がついてきたらしいな。わたしがド・ジョスランと、さっき何て言った？　トッカーディラ？　――トッカーディラの勝負をして勝ったとき、王の一件でも勝ったのだ。奴は勝負に熱中してすっからかんになったので、ラヴァン屋敷に入る合言葉まで教えてくれた。お前も見たように警備はとてつもなく厳重だ。合言葉は――よく聞け。まず向こうがお前の名をたずねる。お前の名は何という」

「テュルリュパン」

「わかってないじゃないか！　お前の名はルネ・ド・ジョスラン、シュール・ド・クトケンだ。身分証明書にそう書いてある。カンペールの出身だ」

「わかった。ルネ・ド・ジョスラン、シュール・ド・クトケン」

「それから奴らは最初の質問をする。それに『わが剣により』と答えろ。次の質問への答えは『わが首により』だ。すぐ覚えられよう。三つ目の質問には『神とブルターニュ貴族』と答えるのだ。この三つの言葉と順番を頭に刻み込んでおけ。いったん中に入ったらこっちのものだ。貴族と話すのはぜんぜん難しくない。奴らは単に悪態をついたり誓約したり、くだらない冗談を言ったり、自堕落な話をするだけだから。悪態や誓約はできるか？」

「できると思う」テュルリュパンは言った。「酔っぱらった魚売り女みたいな悪態でいいのなら」

「それでもいい」写字生が言った。「そして何のために来たかと聞かれたら、ラヴァン家への変わらぬ忠誠を証だてるためとだけ答えろ。従者や召使はひたすら馬鹿で能無し呼ばわりしろ。そうすれば貴族と認められる。手荷物は朝食をとった料理屋に置いてきたことにすればいい。それから公爵夫人だが——よく気をつけろ、近づくときに二度恭しくお辞儀をしろ。それから帽子を取って前に出る。よく注意してくれぐれも間違えるな」

「帽子を取って」テュルリュパンはつぶやいた。「恭しく二度お辞儀。よし覚えた。これで大丈夫だ」

「そろそろ真夜中になる。これが衣装、これが身分証明書だ。明日の朝また河辺で会おう。堤防の下で待っている。やることはわかったな。われわれは一心同体だ」

「もう一つ」テュルリュパンが言った。「そのド・ジョスランだが――きっと財布も勝負のかたに取られたはずだ。僕は一スーも持ってない」

「金だと。いや、お前にやる金はない。貴族に金は要らない。誰かほかの者に払わせる」

真夜中の十五分過ぎにテュルリュパンはラヴァン屋敷の門扉を叩いた。足音が近づき、錠前のがたつく音がした。門扉がほんのわずか開いた。カンテラの光がテュルリュパンの羽根飾り帽に落ち、下に滑って乗馬用長靴まで届いた。

「お名前は」

「ルネ・ド・ジョスラン、シュール・ド・クトケン」

「何によって公爵夫人にお仕えするつもりですか」

「わが剣により」

「剣がなくなれば」

「わが首により」

「貴君にその任を授けたのは」

「神とブルターニュ貴族」

門扉が軋(きし)りながら開いた。左右に黒と紫の仕着せ姿の召使が居並ぶなか、テュルリュパンはまばゆい光の満ちた玄関のほうへ歩いていった。彼は目を閉じた。光がまぶしすぎた。

「ようこそいらっしゃいました」少年の澄んだ声がした。「歓迎いたします」

屋外の石段の上に立っていたラヴァン公爵が、テュルリュパンの前で大きくはずみをつけて帽子を取った。

12

同じころ、おびただしい数の群衆が黙りこくって、サンジャック・ド・ラ・ブシュリー教会と畜殺場の間にある広場に立っていた。マントに包まり雨に濡れそぼった呼び売り商人、荷運び人、お払い箱になった召使、飲み屋の主人、桶職人、物乞い、泥棒、御者、セーヌの舟乗り、職にあぶれた書記、くず鉄集め、水運び人、歳の市の歌うたい、燕麦のパンと麩で生きている目の窪んだ者、市場で必死に野菜くずを探す者、日雇い人、門番、乱暴者、巾着切り、夜しか塒を出られない迫害され追放された者――ことごとく立ったまま、彼らが身も心も捧げている一人の男の到来を待っていた。

街から街、家から家へと伝わった指示を受けて、彼らはここまでやってきた。雨をものともせず、お喋りもせずに辛抱強く待っていた。この夜の集団が静まりかえっていることといったら、広場の真ん中にあるトリトンの法螺貝から噴きでる水が石造りの大きな貝殻に落ちる音も聞こえるほどだ。

炬火（たいまつ）を持つ者が一人一人、あるいは小さな固まりになって、家並みに沿って走り、通り過ぎざまに畜殺場の長い塀や、教会の石造りの胸壁や、その赤い閃長岩の四本柱を闇の中から浮かびあがらせた。馬車ががたごとと遠ざかる音が彼方から聞こえた。重たい雨雲がゆっくりとおびやかすように星のない天に広がっていった。

とつぜん叫び声が夜の静寂（しじま）を引き裂き、そこに歓呼や悲嘆が不気味に混ざりあった。トリトンの泉のそばで一人の男が地に倒れ、痙攣（けいれん）で体をくねらせている。

「あの方が来た」その男が言った。「今ここにいる。俺たちの中にいる。俺の心はあの人の燃える炎を感じる。俺の胸は鉄槌の打撃を感じる。俺はここだ。ここにいる。どうとでも好きなようにしてくれ」

ほとんど時を同じくして教会の入口から力強い声が響いた。

「サン‐シェロン氏のお出（い）でだ」

興奮したささやきやつぶやきがあちこちで起こり、膨れあがった。群衆がとつぜん動き出した。われを忘れた群衆のまわりを囲む炬火は、ばらばらに散らばり、広場を横切り、消えたかと思うとまた浮かびあがり、教会の正面入口の下でふたたび集結すると、とつぜん真昼のように明るく輝きわたった。

屈強な男たちからなる人の壁、護衛をつとめるセーヌの舟乗りたちの後ろから、ガた。

スパール氏が姿を見せた。そして石造りの胸壁によじのぼった。皺の寄る額と瘦けた頰に浮かぶ、早死を予兆する赤い斑点までが、炬火の明るい光のおかげで見分けられた。

彼は片腕をあげた。お喋りや独り言の声は広々とした空間からたちまち消えて、耳に入るのはふたたび噴水のかすかな音だけになった。

やがて彼の声が群衆の静粛を薙ぎ払った。

「その日は来た。用意を整えろ。正義はお前たちに命じる。立ちあがって武器をとり、お前らのみすぼらしい小屋を、火の消えた竈を後にするのだ。崇高なる羽根突き大会の時が来たなら、太鼓を叩かせて街に警報を発し、鎖を渡して通りを封鎖し、悪を力づくで終わらせろ。手加減は罰に値する。敵に情けをかけることは己を呪うことに他ならぬ。神は奴らをわれらの手に委ねられた。われらは奴らをことごとく亡き者にせねばならぬ。誰にも情けをかけるな。男だろうが女だろうが、大人だろうが子供だろうが、善人だろうが悪人だろうが、老人だろうが若者だろうが、誰一人生き残らせてはならぬ。奴らと共に奴らの名の記憶も滅ぼすのだ」

13

「打ち合わせはまだ始まっていません」幅広い大理石の双対階段を上りながらラヴァン公爵がテュルリュパンに言った。「今ここに集まっている者だけではフランスの追放貴族は代表されませんから。ヴァンドーム家からの使者が到着するまで、いかなる懸案事項も持ち出すわけにはいきません。わたしはその者を待ち焦がれています。今日のところはド・ラ・ロシュ゠ピシュメルとわたしの従兄弟リュイーネのあいだに起こった争いを調停できればそれで十分です。これは本当に厄介な問題で、わたしもたいへんな苦労をしました。というのはリュイーネは公爵で国の重臣ですから決闘に応じなくてもいい権利を持っていますが、ド・ラ・ロシュ゠ピシュメルについていえば、権利を与えるものが何もなくて――」

彼は説明を途中でやめ、ある貴族のあいさつに答えた。不機嫌でうんざりした顔が廊下の窓辺に見えた。

「あれがその人です」若い公爵はささやいた。「――まさに今お話ししたド・ラ・ロシュ゠ピシュメルです。どんなに用心しても用心しすぎることはありません。名を口にするだけで、たちまち顔を出すのです」

ラヴァン公爵はふたたび微笑んでお辞儀をしながら、その貴族にあいさつをすると、貴族は廊下の陰に姿を消した。公爵はふたたびテュルリュパンのほうを向いた。

「ところであなたですが、ブルターニュから来られたのですね。あえてお聞きしますが、お仲間からいかなる任を負ってあなたがここに来られたのか、わたしはたいそう興味があります」

テュルリュパンは言った。「ラヴァン家への変わらぬ忠誠を証だてるためです。それ以外の任務はありません」

写字生の言葉をちゃんと覚えていたのに満足して、彼は天井に目を向けた。そこには曙の女神(アウロラ)が描かれていた。金の馬車に乗り花をまき散らしながら、薔薇色に染まった雲を抜けて走っていく。

「よく言ってくださった」若い公爵は叫んだ。「それこそ勇敢な方の言葉です。急いで母上にあなたの高貴な意図を知らせに行かなくては。あなたとわたしの家双方の名誉となりますから。――お泊まりになるところはもう決めていますか。世話が行き届いて居心地のよい旅籠をこの市で見つけるのはやさしくはありません。なにしろ宿のあるじときたら、地方財務総監も顔負けの大泥棒ですから」

「まったくです」テュルリュパンは言った。やっとのことで入れたこの館から二度と出ていくまいと、彼は固く心を決めていた。

「もし差し支えなければ、この屋敷に泊まっていただけないでしょうか」公爵が乞うた。「そうしていただければたいそうありがたいのですが。どうかこのささやかな願いをかなえていただけないでしょうか――イレール、こちらへ」

それまでしかるべき距離をとって立っていた執事が急いでやってきた。

「光栄にも泊まっていただけることになったド・ジョスラン氏だ。左の翼館の一室の暖炉に火をいれておけ」公爵は命じた。「サトゥルヌスの間か、セイレーンの間か、あるいはキルケーの間に」

テュルリュパンは暖炉の火のことを聞いて満足げにうなづいた。サボー未亡人の部屋では夜ベッドの中で凍えていたからだ。ただ一つ不満だったのは、サトゥルヌスとかセイレーンとかいう人と相部屋になったことだ。室内では一人になりたかった。

「わたしは眠りがとても浅いのです」彼は言った。「誰かが小さな音でもたてるだけで――鼻歌一つ歌うだけで目がさめてしまいます」

「そんなことは万が一にもございません」執事がすぐさま保証した。「部屋は静かなところにございまして、厩や馬車置き場は反対側ですから――お荷物はどこにございますか」

「荷物ですか。朝食をとった料理屋に置いてきました」

テュルリュパンは写字生が漁師小屋で言い聞かせたとおりに答えた。自分で考えたことも付け加えた。

「明日にでも、あるいは適当なときに、召使二人か三人にここに持ってこさせましょう」

執事は引き下がった。テュルリュパンはここに来た本来の目的を持ち出すのは今だと思った。

「公爵夫人はどちらにおられますか」彼は公爵に何の前置きもせずにたずねた。

「母ですか。すでに部屋で休んでいます。今日はもうあなたにお目にかかるには遅すぎます。母は日中はポルト・ロワイヤル・デ・シャン修道院の尼僧たちとお祈りをして過ごしています。おわかりいただけると思いますが、父の死はわたしどもにとってたいそうな打撃でした。しかしこの世の空(むな)しい労苦に疲れた父の魂が、真に安らいでいるかと思うといくぶんかは慰められるのです」

少しのあいだ若いラヴァン公爵は黙って考え込んでいた。それから溌剌とした優雅な動作でふたたびテュルリュパンのほうを向いた。

「わたしの姉マドモアゼル・ド・ラヴァンにご紹介しましょう。あなたのような方と知り合いになれればさぞ嬉しがることでしょう。わたしの友人も何人かそこにおりますから、あなたのお相手ができることと思います」

14

居心地の悪さは少し感じたが、何があっても、誰と会っても、貴族であることを見せつけてやると臍を固めて、テュルリュパンはラヴァン公爵と並んで部屋に入った。壁には神話の人物が全面に、目がくらむほど描かれていた。ケーペウス王とその宮廷、海に棲む怪物、鎖で岩に縛られたアンドロメダー、それを救おうと雲から降りるペルセウス。壁龕には羊飼いの男女が抱擁する大理石像が置かれている。肘掛け椅子に半ば寝そべった格好で座るのがマドモアゼル・ド・ラヴァン、ほっそりして優しげな十五歳の少女だった。二人の貴族がテーブルの角に体をもたせかけて、彼女に向かい合って立っている。一人はボローニャ製のリュートを手にしている。部屋の奥にある薪載せ台の上にはド・ラ・ロシュ＝ピシュメルが腰をおろし、暗い顔をして、何か思いにふけりながら、自分の胴衣の黄色い繻子に赤らんだ光を投げる暖炉の火をながめていた。

「クレオニス」ラヴァン公爵が声をかけた。「ムッシュー・ド・ジョスラン、シュール・ド・クトケンをお連れした。カンペールからいらした方だ。今朝パリにお着きになって、お前と近づきになりたいと強く望んでおられる。親しくしておあげ。それにふさわしい方だ」

「近くにお寄りになって」少女が言った。「お会いできてうれしいわ」

何回となくお辞儀をして帽子を揺らしてから、テュルリュパンは部屋の真ん中に進み出た。

「テュルシス！　セリラス！」令嬢は二人の伊達男のほうを向いて言った。「ド・ジョスランさんに椅子をおすすめなさい。カンペールですって。そんな場所聞いたことないわ。カンペールってどちらにあるんですの。もの知らずでごめんなさい」

テュルリュパンは少しあせった。カンペールはどこかの河沿いなのか、それとも海か山の近くか、あの写字生は何も教えてくれなかった。だができるかぎり頭を絞った。

「カンペールですか。それはとても大きな小都市で、ある土地の中央にあります」

「ある土地の中央ですって」令嬢は声をあげた。「うまいことおっしゃるのね。その言い方気にいったわ。書字板をこちらに。書きとめておくから。『ある土地の中央にあります』と。ねえ聞いた、セリラス」

「機知に富む人は言葉の端々からそうとわかるものです」若い貴族が言った。

そのあいだにラヴァン公爵は紹介を終えた。

「こちらはド・ラ・ロシュ＝ピシュメルさん、ド・ウノルダイユさん、ド・サンテニャンさん。ド・サンテニャンさんの名はきっとお聞きおよびと存じます。アカデミーの規則にのっとった韻文悲劇『ディドー』をお作りになりましたから。これは昨年王妃さまの誕生日にルーヴルで上演されました」

「お目にかかれて光栄です」商売柄お手のものの丁重な饒舌でテュルリュパンはあいさつをした。「マドモアゼル、何なりとあなたのお役に立ちたく存じます。ムッシュー、誰よりもあなたがたに献身したく存じます」

そこで目を転じてようやくド・ラ・ロシュ＝ピシュメルのいるのに気がついた。炉端にそっぽを向いて座っている。この貴族にも彼は敬意を表した。

「お目にかかれて、たいそう嬉しく存じます。まったく光栄――」

そこで言葉に詰まり、ゆっくりと扉のほうに後ずさった。この貴族の面影にポン・ルージュで義足の物乞いを死に追いやった馬の持ち主を見たからだ。

「こちらこそ」とド・ラ・ロシュ＝ピシュメルは暖炉の火から目を離さず、大儀そうな口調で言った。「貴君に会えて嬉しい」

その声音はテュルリュパンを落ち着かせた。彼はほっと息をついた。自分の正体が剃刀とキャベツを手に古マントと繕った靴でポン・ルージュに立っていた床屋だと見抜かれたらどうしようと思っていたのだ。

「どうぞお掛けください」ド・ウノルダイユがテーブルから声をかけた。「ワインもありますし、マルメロの実や桃の砂糖漬けもあります。このアーモンドケーキはいかがですか」

テュルリュパンはもう自分がド・ラ・ロシュ－ピシュメルを気にしておらず、他の貴族から愛想よくもてなされているのを感じて、また落ち着きを取り戻した。あの写字生の言ったことは嘘じゃなかった。鬘をかぶって剣を佩いただけですっかり別人になる。

彼はグラスをかかげ、マドモアゼル・ド・ラヴァンの健康を祈り一気に干した。それからテーブルについた。

「クレオニス」深くお辞儀をして公爵が言った。「あなたがたにお許しを願わねばなりません。わたしがこの家で持つ義務が、楽しい会話をこれ以上長く続けることを許さないのです。皆さん、わたしはいかなる時もあなたがたにもっとも心服し服従する僕です」

「このワインは」テュルリュパンが言った。「いままで飲んだなかで一番いいものです」

「あなたは通でいらっしゃる」ド・ウノルダイユが言った。

「あらゆるトルコ人とムーア人にかけてこれは極上の滴（しずく）です」テュルリュパンは断言した。

「あらあら」マドモアゼル・ド・ラヴァンが呼びかけた。「でもド・ジョスランさん、あなたのお友達を大切になさいませ。トルコ人やムーア人なんか放っておきなさい。そんな野蛮で愚かな生き物にかけて誓ってはいけません。わたしたちに親しい優美な自然にかけて誓うものよ。そよ風（ゼピュロス）の優しいささやき、山のニンフ（オレイアデス）の踊り、黄昏のニンフ（ヘスペリデス）の柔らかに波うつ野に、それから──続けなさい、テュルシス」

「あなたの唇がわたしに目覚めさせた欲望にかけて、クレオニス」ド・サンテニャンが後をひきとった。「わたしが愛しい人に捧げる溜息すべてにかけて、あなたの青い目をうらやむ海原にかけて、熱情の炎にかけて──」

「もうたくさん。お黙りなさい、テュルシス」令嬢はこのうえなく不機嫌な顔で命じた。「よくないわ。熱情なんていやらしい」

「そうですとも」テュルリュパンは同意した。「気の高ぶりほど痘痕（あばた）を出やすくさせるものはありません」

「それは初耳です」ド・ウノルダイユが言った。

テュルリュパンは秘密を打ち明けるように言った。「『知恵の封印』という本に書いてあるのです。この書物からはとても有益なことが得られます。たとえば去勢された雄羊の足から最上の軟膏が得られるそうです」

「去勢された雄羊の足からね。それは王の耳に入れねばなりませんな」ド・ウノルダイユが言った。「王はしばしば、あらゆる種類の軟膏の調合に何時間もたずさわっておられますから」

テュルリュパンはワイングラスを手にしていたが、驚きすぎて飲むのを忘れた。

「軟膏を」彼は声をあげた。「王が手ずから作られるのですか。家来はそれをただ眺めているだけなのですか」

「われわれの偉大な王ルイは多くのことを心得ていらっしゃいます」若い貴族が彼に教えた。「縄を綯(な)い、網や鞍(くら)をこしらえ、ジャムを作り、早春には豌豆(えんどう)を育てます。理髪もお上手です。お付きの将校たちはみんな王に髭を剃ってもらうのです」

「理髪を――そんな馬鹿なことが」テュルリュパンはそう叫びド・ウノルダイユの顔を驚いた目で見つめた。「そんなことはありえません。ルーヴルの門扉に白い洗面盤が掛かっているところなど見たこともありません」

「王はそれを楽しんでいらっしゃるのですよ」

テュルリュパンはグラスをテーブルに置いた。

「それが理解できないのです」彼は頭を振って言った。「あれは本当にうんざりする仕事です。それに——ひどいじゃないですか。皆が王さまのところに髭を剃りに行ったら、床屋の商売はあがったりです。しかもそれを楽しんでいるのですか。とうてい信じられません」

「テュルシス」マドモアゼル・ド・ラヴァンが呼びかけた。「あなたは高貴な愁いに沈んでいます。そのあなたの気持ちを美しい詩で表現することを許します」

「そんなことは考えられない」テュルリュパンはまだ納得できずつぶやいていた。

「クレオニス、あなたのご命令とあらば」ド・サンテニャンが言った。

そして少女の足元にある足掛け台（タブレ）に座り、夢見るような目を板張りの天井に向け、リュートで伴奏をしながら、とても優雅な声で自作の詩を歌いだした。

「あなたの心がまだわたしのものであったとき
　金色の髪の羊飼い娘よ

あなたの眼差しがまだわたしを夢中にさせたとき——」

「王は鬘も作っているのですか」テュルリュパンはたずねた。

「——なんとわたしは幸福だったか
いつも新しい優しい言葉が
あなたの口には用意されていた。
わたしはいつの日も思いをいたす——」

「王が家来の顎を剃るとは。王たるものが！　どうにもわからない」テュルリュパンの声が聞こえた。

「あの過ぎ去った時を
ゆえにわたしは自分の歌で
あなたを讃え、褒め上げる」

「もういいわ」マドモアゼル・ド・ラヴァンが声をかけた。「テュルシス、今日のあなたの詩はありきたりすぎます。もっとすばらしい詩を作った恋する男だっていました」

楽器に悲し気な短調の和音を響かせて、ド・サンテニャンは歌を終えた。

「ここでリュートを置きましょう
牧人の娘よ、あなたの命ずるままに」

そして彼は立ちあがり、打ちひしがれた目をして、溜息をつき、お辞儀をして言った。

「あなたはとても残酷だ、クレオニス。まことの友であるわたしがあなたを愛していることを知っているくせに」

「知ってるわ」令嬢はそう言って、パンくずを丸めてアンドロメダーの胸めがけて投げた。「知ってる。でもあなたの心なんて、わたしには何の意味もないの」

「このお名前を失念した方の歌はたいそう結構なものと思いました」テュルリュパンが言った。「この楽器を弾き、合わせて歌うすべを知らないのが残念です」

「あなたがいらっしゃる前は、わたしにも一縷(いちる)の望みはあったのです」不運なリュート弾きがテュルリュパンに言った。「でも今は最悪の事態を恐れねばなりません。クレオニスはあなたを愛しています。それは確かです。わたしに何か一言おっしゃっていただけますか。そうしていただければ感謝します」

テュルリュパンは若い貴族の肩を優しく叩いた。

「わたしはこうしたことに不案内です。ただ一つのことは心得ています。マドモアゼルのような人にはいつも初心をもって接さなくてはなりません。労を惜しんではいけません。助言させていただくなら、ささやかな贈り物を試みてごらんなさい。あるときは花、あるときはリボンや手袋や香水瓶というように」

「なるほど」ド・ウノルダイユが叫んだ。「それは悪くない考えだ。どう思いますか、クレオニス」

「わたし思いますの」令嬢はそう言いながら、扇でテュルリュパンの鬘を叩く真似をした。「ド・ジョスランさんは本当に恥知らずなお方だと。でもはるばる遠くからいらしてくれた方ですから、許してあげませんと。ド・ジョスランさん、わたしはあなたが気に入りましたわ。あなたがわたしを愛していることはわかっています。ですから今の言葉は許してさしあげます」

「クレオニス」ド・サンテニャンが嘆いた。「わたしを憐れんでください。あなたはわたしを殺します。あなたの一言一言が、わたしの心に穴を開けるのです」

炉端からド・ラ・ロシュ－ピシュメルが立ちあがった。腕が胸の前で組まれ、炎で照り輝いた顔には憤懣と軽蔑が浮かんでいる。

「こんなのが近ごろの恋人だ」嘲りもあらわに彼は言った。「憂鬱で顔を飾り、目に涙をためて恋人に語りかける。女がほんの一瞬でも怒ったら気を失う。何とも馬鹿げた時代に生きてるもんだ。親父らの時には感情過多の文句や恋に狂った溜息は蔑まれたが、それでもトゥールーズのダンスを一緒に踊ってくれる美人には事欠かなかったものだ」

マドモアゼル・ド・ラヴァンは顰蹙の小さな叫びをあげて、両手で耳をふさいだ。

「恥を知りなさい。ド・ラ・ロシュ－ピシュメルさん。場所もあろうにこの部屋でそんなことを口に出すなんて」

「トゥールーズのダンス」考え深げにテュルリュパンは繰り返した。「申し訳ありませんが、そのダンスをわたしは知りません」

「トゥールーズのダンスとは」ド・ウノルダイユが説明した。「二人で行う楽しいゲームのことで、勝者も敗者もともに満足を味わうものです」

「セリラス」うっとりとした表情で少女は呼びかけた。「すてきだわ。悪趣味で忌まわしく卑しいことを、あなたはできるかぎりの優美な言葉で表現してくれました」

「なるほど、何のゲームなのか、ようやくわかりました」テュルリュパンが言った。

「わたしたちのあいだではトッカーディラと呼ばれています。わたしの愚かな召使が助祭さまと勝負しているのを、しばしば見物したものです」

「なんですと」ド・ウノルダイユが叫んだ。「わたしの耳がおかしくなったのでしょうか。助祭さまが、しかもイタリア式で、あなたの召使と。これは傑作だ」

「いちばんおかしいのは」体をゆすって笑っていた令嬢が叫んだ。「その助祭さまがド・ジョスランさんに見物させたことですわ。もう思い浮かべるだけで！　地方生活の楽しさはまた格別のものですわね」

　自分が一座のからかいの種にされていることがわかって、テュルリュパンは気分を害した。でも何がかれらをそんなに面白がらせているのかはわからなかった。

「わかりません。どこがおかしいのでしょう」咎めるような目でマドモアゼル・ド・ラヴァンを見た。「あれのどこにも笑われるようなところはありません。トッカーディラはささやかな楽しいゲームで、それ以上のものではありません。そしてあなたについて言えば」——彼はド・ラ・ロシュ゠ピシュメルのほうを向いた。高慢で嘲るようなその笑みに彼は最も腹を立てていた。――「あなたについて言えば、わたしにはよくわかっていますが、あなたに権利を与えるものは何もありません――」

「何だと」笑みがその顔から消えた。「聞いてやろう。貴君はわたしに何を言うつもりかな」

「もう言いたいことはありません」テュルリュパンは答えた。ラヴァン公爵の口からはそこまでしか聞いていなかったからだ。「わたしの言いたいことは、これだけです」

ド・ラ・ロシュ＝ピシュメルはゆっくりとテュルリュパンに近づき、その前に立つと、じろじろと彼を眺めだした。今とつぜんテュルリュパンにはわかった。破滅が、冒険の終わりが、没落が、この貴族の姿をして前に立っている。

彼の周囲は静まった。

「考えれば考えるほど」不意にド・ラ・ロシュ＝ピシュメルが言った。「貴君とはここで初めて会った気がしなくなる。気のせいではない。われわれはすでに会っている」

テュルリュパンは死人のように青ざめた。不安で息が苦しくなった。だがそれを面には出さなかった。全身の力を奮い起こして、己の貴族であることを証だてようとした。

「貴君のことはよく覚えている」ド・ラ・ロシュ－ピシュメルは言葉をつづけた。「いつどこでばかりではない。貴君の顔も忘れてはいない。こちらから二歩と離れていないところで、従者に言いつけて鞭打たせたくなるような顔つきでわたしを見ていた」

テュルリュパンは背筋を伸ばした。キャベツや剃刀や繕った靴が話に出てこなかったので、また勇気が戻ってきた。

「ああ、そういうことだったのですか」彼は声を高めて言った。「従者にわたしを鞭打たせたかったのですね。なるほど。しかしわたしはそれにふさわしい人間ではありません。それは信じてくださって結構です。光栄にもわたしを泊めるラヴァン公爵のことは考えに入れないとしても――」

ド・ラ・ロシュ－ピシュメルは片手を動かして、提案があるという身振りをした。

「よく理解した。貴君は決闘を求めておられる」彼はゆっくりと言った。「わたしはそれを拒む男ではない。ささやかな申し出をしてよろしいかな。庭園の中に小さな決闘場(プレ)がある。左の脇門からまっすぐ五十歩進み、そこから右に曲がったところだ。貴君さえよろしければ、明日の日暮れ時に、わが友一人と共にそこでお待ちしよう」

「承知しました」ド・ラ・ロシュ－ピシュメルに貴族扱いされ、たいそう満足したテュルリュパンは言った。返答したとたんに、二日前にサボー未亡人の理髪室でピカルディーの貴族から聞いた言葉が思い浮かんだ。それは今の状況にぴったり合ったものだった。

「すると炬火の灯りの下で決闘するのですね。それはすばらしい。楽しくなることでしょう」

彼はド・ラ・ロシュ－ピシュメルの前で身をかがめ、それから居合わせた一同にお辞儀をした。

「マドモアゼル、わたくしをあなたの忠実なる下僕とお思いくださいますように。殿方の皆さま、わたくしの衷心からの敬意を受け取ってくださいませ。あなたがたにお別れのあいさつができて光栄です」

テュルリュパンが部屋を出ていくと、マドモアゼル・ド・ラヴァンは声をあげた。

「ド・ジョスランさんと決闘することを禁じます。あなたはあの人を侮辱しました。謝罪しなければなりません――」

ド・ラ・ロシュ－ピシュメルは薪を暖炉に投げ入れた。そして前と同じように薪載せ台に馬乗りになった。

「マドモアゼル」彼は答えた。「あなたがわたしに及ぼせる力は、ありがたいことに、限りがあります。わたしはあの妙な貴族と決闘いたします。それは動かせません」

「でもわたしはそれを望みません。決闘は禁じます。あの人は機転がきいて創意に富んでいて、面白い人です。わたしは気に入りました」

「気に入ったですと。わたしは気に入りませんな」肩をすくめてド・ラ・ロシュ－ピシュメルは言った。「『光栄にもわたしを泊めるラヴァン公爵』――これのどこに機知があるのです。あなたは面白いと思うんですか。それに――あなたは気づきませんでしたか。奴は玉ねぎの匂いがします。これもまた、われわれが仲良くできない理由です」

15

テュルリュパンは廊下の暗い隅まで退散して、そこでようやく足を止めた。殺されるかもしれないと怯え動顚した心の中で、怒りが絶望と争っていた。

「なんだってあの貴族は、僕を剣で刺すことにあんなにこだわるんだ」彼は自分に何度となく問いかけた。「僕はキリスト教徒の中にいるのか、それとも異教徒の中にいるのか。決闘場であいつは、僕を三度か四度刺して殺すだろう。信仰はどこにいった。こんなことが許されるのか。どうして昨日言っておいてくれなかったんだ。ちくしょう。とんでもないことになった」

不安と恐怖にかられて彼は廊下をうろつき回った。

「貴族であるとは剣呑なものだ。飲んで食ってのんびり暮らしてたら、いつのまにか剣でぷすぷす刺されて決闘場に寝転がって、医者も手のほどこしようがなくなる。あの悪魔みたいな奴は僕の前で笑いやがった。黄色い繻子の上着を着たあさましい悪党め。だが覚えてろよ。僕はおめおめとは殺されない。奴にも相応の分け前をくれてやる」

そこで彼は思い出した。それほど前ではないが、ル・グーシュが床屋で料理屋のおやじに、どんなふうに第四の構え（カルト）や第三の構え（ティエルス）で踏み込むか、どんなふうに突きをくれるかを見せていた。そこで自分も鞘（さや）から剣を抜き、大理石のディアナが片膝立ちでどこかに投げ槍の狙いをつけている像に、腹立ちまぎれの打ちや突きを入れてみた。だが軽い剃刀しか扱い慣れないテュルリュパンの手は、剣の重みに耐えられなかった。

「これじゃだめだ」彼はがっかりした。「へとへとになってしまう。それに少しでも立ち止まれば一巻の終わりだ。おまけに第五の構え（キント）だの、フェイントだの、大小の第二の構え（セコンド）だの、払い（パラード）だの、シャラードだの、僕は全部気にとめてなかった。あのときじっと見てたらよかったが、今じゃもう遅い。拳での殴り合いを許してくれれば、奴を壁に押しつけてぎゅうぎゅう言わしてやるんだが。剣ではどうにもならない」

疲れきって剣を手につっ立ち、彼はあてもなく闇をにらんだ。

「奴が剣を鞘から抜く前に、一発お見舞いしたらどうだろう。だしぬけに襲いかかって突きをくれたらどうだろう。一突き、二突き、それでおしまいだ。それから帽子を脱いでその場を去る。だがこれもだめだ。開始の合図を待たねばならない。ル・グーシュさんがそう言っていた。勝手に始めちゃだめなんだ。打ちかかれるようになる前に儀式がいろいろある」

この方法で助かることをあきらめたとたん、別の方法が頭に浮かんだ——ずっと実行しやすく分別もありそうな方法である。

「この屋敷には剣に腕の覚えがある貴族が何人もいる」彼はつぶやいた。「僕の代わりに、あの悪魔みたいに邪で怒りっぽい貴族と決闘してくれるよう話を持っていったらどうだろう。僕に親身に接してくれた公爵に話してみよう。頼んだら引き受けてくれるかもしれない。あの人が決闘場に横たわるほうが、僕が横たわるよりはましだ」

彼はそうつぶやくと、剣を鞘におさめてラヴァン公爵を探しに行った。

ラヴァン公は宴会広間の張り出し窓のところで、ピエール・ド・ロンシュロルと話をしていた。ノルマンディー貴族の指導者であるこの老人は、長身で威厳のある風貌をしていた。二人は公子の息子にあたるアンギャン公を、不平貴族の仲間に引き入れる方策を話し合っていた。右手の壁に沿って置かれたテーブルからは、グラスの鳴る音や楽し気な笑い声が聞こえた。そこでは貴族が三人、酒を飲みながら大声で議論していた。互いに今日が初対面だったが、ワインが彼らを友人にした。ラヴダン男爵のル・コク－コルベイユは、どっしりと肥えた落ち着きのある男で、サントンジュ州からここに来ていた。はじめてパリを見た彼は、街で出くわす馬車の多さにたまげていた。その向かいに座るのはドイツ人のモンベリアル伯爵で、ロレーヌからこの集会に派遣されてきた。酒と煙草と賭け事が大好きで、気が短く、たいそう腕力が強かったが、一杯機嫌のときは天使のように優しかった。いっしょに連れてきた猟犬が床に転がって寝ていた。三人目は王立ナヴァラ連隊大尉ド・カイユ・エ・ド・ルゴンだった。剣に優れ、恐れられつつ愛され、決断は無謀で意表を突いていた。――噂によればある朝、彼がまだ寝ているときに借金を取り立てに訪れた婦人を、丁重に、しかし素っ裸で表玄関まで案内したということだ。

テュルリュパンが入口で深々とお辞儀をしたとき、モンベリアル伯爵がちょうど話をはじめたところだった。椅子にもたれて剣を斜めに腿の上に置き、ワイングラスを手に、とどろくような声で彼は叫んだ。

「われらロレーヌの者は、高貴で名誉ある貴族だ。わが三人の息子、わが五人の兄弟、わが従兄弟――」

「失礼いたします」気にとめられてないのを知ったテュルリュパンはふたたび深くお辞儀をした。

「わが従兄弟も、わが隣人も、わが友も」モンベリアル伯爵は続けた。「勇気と忠誠が必要とされるとき、誰もが武器を手に、シンバルと太鼓とファイフ（小型のフルート）とともに集結地点めざして行軍する。それがロレーヌの慣わしだ」

「失礼いたします」テュルリュパンは言い、三度目のお辞儀をした。

「ド・ジョスランさん」ようやく彼を目にとめた若い公爵が声をかけた。「またお会いできてうれしく思います。あなたがいてくだされば と先ほどから思っていました」

「太鼓やファイフには賛成できない」ル・コク゠コルベイユが言った。「用心してとりかかるべきだ。さりげなく、慎重に、論理的に、熟慮したうえ、一歩一歩、段階を踏んでだ。まず大評議会（グラン・コンセイユ）を枢機卿に対立させ、高等法院（パルルマン）を大評議会に、庶民を会計検査院（クール・デ・コント）と下級裁判所（トリビュナル）に対立させる。これがわたしの作戦だ。われながら上出来と思っている。庶民はわれわれに賛同し、きっとわれわれの側につく。そうすれば一歩進んで、枢機卿の意向を万人の軽蔑の対象とすることができる」

「すばらしい」モンベリアル伯爵が叫んだ。「万人の軽蔑の対象にする！　よくぞ言ってくれた」

「しかし何事も慎重にやらねばならない。順を踏んで静かに、あせらずに、シンバルもファイフも鳴らさずにだ」

「ド・ロンシュロルさん」若い公爵がうやうやしく老貴族に言った。「ムッシュー・ド・ジョスラン、シュール・ド・クトケンをご紹介します。ブルターニュからいらした貴族で、ノルマンディー貴族の畏敬すべきアンキーセース（ギリシア神話の英雄。ここではド・ロンシュロルのこと）に忠誠を捧げたく願っております」

「そのとおり、わたくしは皆さま方に、他の方に劣らず身を捧げたく思っております」そうテュルリュパンは断言して手を動かしたが、その身振りはまるで、この老貴族の髭を刈るばかりか髪も巻いてさしあげましょうといわんばかりだった。

だが敬意あふれる彼の言葉もド・カイユ・エ・ド・ルゴンの荒々しい怒りの爆発にかき消されてしまった。

「用心して慎重にだと」彼はそうわめいてテーブルを叩いた。グラスがかちかちと鳴った。「そんな言葉は耳触りはいい。だがそれだけだ。空のジョッキみたいなもんだ。肉を刺さない焼き串を火に炙（あぶ）るようなもんだ。それが貴公らの作戦というなら、そんなもののために当方は短剣ひとつ剣差（けんさ）しから抜くつもりはない」

彼は身を起こして立ちあがり、かがんで両の拳をテーブルに押しつけ、顔はワインと怒りで真っ赤になっていた。

「わたしがこれまでの人生から学んだものを語らせてもらおう。十五のときから、無茶をしでかさない日は一日もなかった。どんな時、どんな所でも神が危険を惜しむことはなかった。陰謀と策略では戦に勝てない。尻を鞍に乗せねば勝てはしない」

「すばらしい」モンベリアル伯爵が叫んだ。「尻を鞍に！　悪魔の角と地獄に落ちた奴らの魂にかけて、それこそ戦争に勝つただ一つの方法だ」

「わたしならそれを妥協を知らないと言います」賞讃をあらわにしてテュルリュパンは言った。

「われわれがまだ床につかないのは、いくつかの案を検討し互いに戦わせるためではない」ドイツ貴族が続けた。「友愛のため、愉快になるため、よいワインのために起きているのだ。今は景気よく飲もうではないか」

そして彼はグラスを掲げ飲み干した。それから椅子にどさりと倒れこんで、拳を振って拍子をとりながら、とどろく低音で、トゥールーズ橋の敬虔な物乞いの歌を歌いだした。ガロンヌ河の魚にパンくずを分けてやった物乞いの歌だ。

「橋を渡らねばならなくなった

トゥールーズの町で
そこに物乞いが一人いた
薔薇の香りはしなかった」

「この歌は」テュルリュパンがラヴァン公爵に言った。「そこにおられる、袖に銀のボタンのある方が歌っている歌は、とても理にかなった内容を持っています。それは実際に本当で、なんなら実証もできますが、物乞いどもは橋の上や狭い街路に一番いたがるものです。誰もが通らざるをえないところですから」
　そのあいだモンベリアル伯爵は歌った。

「ローズマリーの香りもしなかった
木犀草（もくせい）の香りもしなかった
そいつが帽子を差し出した——」

「ああ」テュルリュパンは叫んだ。「ローズマリーの香り、木犀草の香り、とんでもありません。馬糞の匂いがするんです。汚物の、畝溝（うねみぞ）の蕪（かぶ）の匂い、疫病の匂いです。

物乞いの匂いはなんとも言いようがありません。街の人はどうして我慢できるのでしょう。わたしにはわかりかねます」

「今朝パリにお着きになったのですね」ラヴァン公爵が言った。「ここの貧乏人をまだ見慣れておられないのでしょう。ところでド・ジョスランさん、昼間はどんなふうに過ごされましたか」

驚いてテュルリュパンは目をみはった。この問いはまったく不意打ちだった。パリの貴族がどんなふうに日を過ごすのか、これまで考えたこともなかった。だが窮地の中で、前日理髪部屋で染色師のピジョーから言われた皮肉混じりのあいさつが思い浮かんだので、これを借りることにした。

「そうですね、今は時間をつぶす方法といえば、ぶらぶらほっつき歩いて、あちこちであいさつをして、お喋りに花を咲かせるくらいです」

調子に乗って彼はさらに言い添えた。

「午後には若い婦人を訪(おとな)いました。ご主人が思いがけず帰ってきたので、地下室に隠れて、何時間も粗朶(そだ)の束のあいだで、猫だけを友にしていました」

「気をつけろ」モンベリアル伯爵が声をかけた。「その動物の名をこの犬の前で言ってはいかん。今眠っているので聞いてなくてよかった。そうでなければ貴君の喉に嚙みついていたところだ」

テュルリュパンはあわてて失策を挽回しようとした。

「その犬が猫を好まないということは知りませんでした」巨大な獣に目をこわごわやりながら彼は言った。「一言も言うべきではありませんでした。わたしも猫は嫌いです。目をさましましたね。どうかしっかりとつかまえておいてください、猫じゃないと言い聞かせてやってください。鼠だったと」

犬は頭をもたげ、短くおそろしげに吠え、歯を剝きだした。ドイツ貴族が狂ったように呪いの言を吐くと、テュルリュパンはラヴァン公爵の陰に隠れてこう言った

「わたしを襲わないほうがいいですよ」だがその声は小さかった。「首を絞めて、骨折させてやります」

それから公爵の腕を取って、テュルリュパンは彼を部屋の離れた隅に連れていき、低い声で熱心に説いた。

「あなたに関わることなら何であれ、わたしがどれほど熱心に肩入れしているかは、あなたもご承知のことと思います。ところであの部屋にいた貴族の中に一人、名は忘れましたが、黄色の繻子の服を着て、ミルリトン風とか枢機卿風(カルディネット)とか呼ばれる、真ん中で分けて左右に長い巻き毛のある鬘をかぶった、暖炉の前に座っていた人が——」

「ド・ラ・ロシュ-ピシュメルさんですか」

「そう、まさにその人です。彼はあなたを嫌っています。あのド・ラ・ロシュ-ピシュメルさんは」

「知っています」ラヴァン公爵は言った。「わたしもあの人を友とは思っていません」

「あの人があなたのことを言った言い方に、わたしは腹を立てました」テュルリュパンは続けた。「あの人が仄めかすには——それとなく言うには、あなたは世界で一番敬意に値しない人なんだそうです」

「本当ですか！」公爵は叫んだ「本当にそんな失礼なことを口にしたのですか」

「わたしは今まで人を騙したことはありません」テュルリュパンはうけあった。「どうしてあなたが例外でありえましょう。あなたは決闘すべきです。それ以外に方法はありません。あなたの名誉がそれを要求しています」

「名誉は要求するでしょうが」公爵は考え深げに言った。「しかし政治と理性は、アンギャン公のごく近くにいる者と剣を交えることをわたしに禁じています。例の目的のためにこの高名な大公をわたしたちの味方につけたいのですが、大公はド・ラ・ロシュ-ピシュメルを心の友と呼んでいるのです。どうしてわたしがド・ラ・ロシュ-

ピシュメル氏に、わたしの従兄弟リュイーネの振る舞いを忘れてくれるように力のかぎり説得したか、これで理解いただけましたか」

「すると決闘するおつもりはないということですか」テュルリュパンはがっかりして言った。

公爵は肩をすくめて返答に代えた。テュルリュパンは床をじっと見ていた。彼の立場は絶望的だった。友情をあてにしていた人に、口実ともいえない口実で屈辱的に見捨てられたことがわかった。彼はこの少年を憎みだしていた。滑らかで丁重な口ぶりによって、そして肩をすくめることによって彼を運命に引き渡した少年を。

「率直に言いますと」ややあって公爵はまた話しだした。「——わたしにはこの友情が少しも理解できません。アンギャン公はこの王国で並ぶ者のない位置にあるのに、ド・ラ・ロシュ＝ピシュメルは長子でありませんから、貧しくて財産は何もないに等しいのです。どこの連隊かは忘れましたが、少尉にさえ任ぜられなかったのです。あの人はその地位をマダム・オルセーニュから渡された金で買いました。この女はシャトレの管財人の奥さんで、当時は彼の愛人でした」

テュルリュパンは頭を上げた。その目は怒りと憎しみ、それから野蛮で意地悪い、勝ち誇った喜びで輝いた。

「するとあのド・ラ・ロシュ－ピシュメルは長子ではないのですね。そのために財産は何もないのですね」うかがうように彼は繰り返した。「兄がすべてを所有しているのですね。領地も屋敷も、馬も馬車も金貨も」

「フランスの相続権と法律がそう定めているのです」ラヴァン公爵がうけあった。

「本当ですか」テュルリュパンは喜んだ。「すると兄の手にすべてが落ちるのですね。それは理にかなった秩序だと思います。そしてあなたは――もしあなたが長子でなかったらどうなりますか。もし誰かがここに来て、自分はあなたの兄だという証拠を高等法院に提出したら――あなたはどうなるでしょう」

ラヴァン公爵は頭をのけぞらせて笑い出した。

「そのときは騾馬と鈴を買って、パリの街で羽根飾り帽を売り歩くでしょうね」

そう言うと公爵は声を張りあげて物売りの真似をした。

「羽根飾り帽――羽根飾り帽はいらんかね――羽根飾り帽のほしい者はおらんかね――」

テュルリュパンは頭を振った。

「それはお勧めできません。その商売では儲けは期待できません。誰も羽根飾り帽なんか買いません。ふだんかぶるのは兎革の古ぼけた縁なし帽ですから。騾馬と鈴の代金だけ損になります」

「あなたは面白い人ですね」このブルターニュ貴族の奇妙な話にとまどいながら、ラヴァン公爵は言った。

16

テーブルについた面々の会話は賑やかで騒々しくなった。ル・コク－コルベイユは帽子を取り、剣を抜いて、王の健康を祝して飲んだ。モンベリアル伯爵はその手から武器をもぎ取ろうと、平和と和解を説いた。ド・カイユ・エ・ド・ルゴンは激しい言葉で、この集まりに代表を送ろうとしなかったプロヴァンスの貴族を罵(ののし)った。

「プロヴァンスの奴らは」彼は叫んだ。「世界の理性はすべて自分らの頭にあると思ってる。奴らにとって火はいつも熱すぎるし、水はいつも深すぎる。何であれ懐手(ふところで)で待ちたがる。そして優勢なほうに味方する」

「あそこらへんには」ル・コク－コルベイユが言った。「ユダの親戚が大勢いる」

モンベリアル伯は憂鬱な顔でグラスを干した。

「また戦争が起こるだろう。俺が前に言ったとおりに。ロレーヌも無傷じゃすむまい。あの神の緑の楽園、あの葡萄(ぶどう)の丘とオークの森の国もだ。誰も信じちゃくれまいが、今に戦がやってきて、何もかもかっさらっていく。俺の息子、俺の兄弟、俺の従兄弟、俺の友だち——」

「『望ム者ヲ導キ、望マヌ者ヲ引キズル』（セネカ『倫理書簡集』からの引用）。少し離れた張り出し窓の暗がりにいたド・ロンシュロルが言った。「これはワインにも戦争にも、キリスト教の教えにもあてはまる」

「これはこれは」ド・カイユ・エ・ド・ルゴンが言った。「貴君の言葉は賞讃にあたいする。これは皮肉ではない。もっともラテン語は習い損ねたがな。なにしろわたしの若いころ蠟燭は高価で、親父は吝嗇だった。——『勇気だけを恃め』とよく言われたもんだ。『お前は他のことに向いてない』とな。ひどいことにラテン語も習わせてもらえなかった。世も末のこの世紀では兵士より学者が敬われる。わたしは三十七年間ずっと王に仕えてきた。美しい言葉はたんとふるまってくれたが、わが手は空のままだ」

「王は美しい言葉で世界中を豊かにするのだ」モンベリアル伯爵が言った。

「王にしかるべき敬意を払わぬ者は地獄に落ちるがいい」ル・コク‐コルベイユが叫び、右手で剣を、左手でワイングラスを振った。「王を誹謗する者とは、いつでも剣を交える用意がある」

テュルリュパンは聞き耳を立てた。誰とでも剣を交える覚悟のある貴族がここにいる。抜き身の剣を手にした様子はたいそう喧嘩好きに見える。テュルリュパンは彼に近づいて言った。

「あなたがそう思うなら、お耳に入れたいことがあります。この家にいる貴族の一人が、王のことを、たいへん失礼な言葉で話しているのです」

「何だと。よくもそんなことが。その貴族は何と言っているのだ」

「王は自分の臣下の髭を剃ることに喜びを見出していると言っています。王に剃刀や吸い玉や海綿と同じ程度の敬意しか払っていません」

「何ということだ」ル・コク－コルベイユは怒鳴った。「それを貴君はそばで聞いていたのか。よもや貴君は、そいつにしかるべき懲らしめも与えず放免したわけではあるまいな」

この貴族の怒りがド・ラ・ロシュ－ピシュメルではなく自分に向けられているのを知って、テュルリュパンはまずいと思った。何とか弁解しなければならない。

「わたしはその人に決闘を申し入れました」情けない顔をして彼は言った。

「よくやった」ル・コク－コルベイユが断言した。

「ところであなたは」テュルリュパンはたずねた。「どうするつもりですか」

「わしは――」貴族はもったいぶって言った。「もし貴君がその男を殺し、王の名誉を挽回したなら、謹んで祝辞を述べさせてもらおう」

「そいつを勘弁してやれ」テーブルの向こうからモンベリアル伯爵が声をかけてきた。今はワインが回って穏やかで平和な気分になっている。「その男にだって母親はいる。許してやれ。そうすれば貴君もいつか許してもらえるだろうよ」

テュルリュパンはがっかりして呆然と立っていた。またうまくいかなかった。二人の貴族のうち一人には祝福され、もう一人は、好戦的で無鉄砲な言葉にもかかわらずラ・ロシェ＝ピシュメルとの決闘を肩代わりしてくれなかった。だがテーブルにはもう一人貴族が座っていて、その顔には一ダース以上の傷跡がある。テュルリュパンは今この男に希望をつないだ。

眠る犬を遠回りして避け、彼はド・カイユ・エ・ド・ルゴンに近づいた。そして慎重に言葉を選びながらこう言った。

「もしもし、ご迷惑でなければ――わたしたち二人だけで話したいことがあるのですが」

ド・カイユ・エ・ド・ルゴンは拍車を鳴らして立ちあがった。その背丈は低く、テュルリュパンの肩までも届かなかった。彼は見知らぬ貴族が前にいるのを見ると儀式ばったお辞儀をして帽子を脱いだ。

「貴君に紹介されるという栄誉をすでに賜ったか定かではありませんが、わたしはジャン・ダゴベール・ド・カイユ・エ・ド・ルゴン、王立ナヴァラ連隊の大尉です」

そこで言葉を切り、今度はテュルリュパンが名乗るのを待った。だがテュルリュパンは何も言わず、頼りなげで途方にくれた顔で板張りの天井を見上げている。

「貴君の名は」大尉がうながした。

テュルリュパンは手を額と鬘に持っていった。その表情に苦しみと無力と憤りが表れていた。自分をこの屋敷に入らせてくれた名はすっかり記憶から抜けていた。広間の天井から目をおろして壁のヴェネツィア鏡にル・コク－コルベイユの顔が映っているのを見、さらに蠟燭が中で燃える銀のゴンドラからモンベリアル伯爵の羽根飾り帽へ、そしてド・カイユ・エ・ド・ルゴンの赤いズボンに目を移した。だが自分の名は浮かんでこなかった。唇からは不明瞭なつぶやきしか出てこなかった。

「失礼ですが」大尉は静かに、そして丁重に言った。「お名前が聞きとれません」

「申し訳ありません」テュルリュパンは大げさな身振りをまじえて言った。「許してください。勘弁してください。忘れてください」

「わたしは名を名乗った。今は貴君の名を尋ねている」大尉の声はいらついてきた。

「お言いなさい。さもないと貴君が自由意思で示そうとしない礼儀を、力づくで引き出しますぞ」

そして剣の束に手をやった。恐怖の中でテュルリュパンは、いまや彼は一つどころか二つの決闘を前にしていることを感じた。

「困りました」彼は叫んだ。「全部ワインのせいなのです。誰がわたしに次々ワインを飲ませたのでしょう。あなたには信じられないかもしれませんが、わたしは自分の名が思い出せないのです。嘘じゃありません。忘れてしまったんです。頭が乱れています。もしあなたが、わたしがどこにいるのか、はたしてパリにいるのかとたずねても——わたしは答えられません」

そしてこの件を急いで追いやろうと、話題を別なほうに持っていこうとした。彼は前かがみになり、大尉に親し気に言った。

「髭を生やしたほうがいいのではありませんか。そのほうが顔つきがよくなります」

「何を言う」彼は憤激して叫んだ。「これほど馬鹿にされてはもう我慢ならん。貴君に顔をどうこう言われる筋合いはない。馬鹿にするのもほどほどにしてもらいたい。剣を抜いてもらいましょう」

だがそこにラヴァン公爵がテュルリュパンとド・カイユ・エ・ド・ルゴンの間に立

ち、ことを収めようとした。

「落ち着いて、どうか落ち着いてください」彼は叫んだ。「ド・ジョスランさんはドライなユーモア感覚を持っているのです。冗談が好きで、おそろしく馬鹿げたことを真面目くさっておっしゃいます。名前を忘れたですって。それではお許し願って、わたしが記憶の助けとなりましょう。この方の名はド・ジョスラン、シュール・ド・クトケンです。カンペールのご出身で、ブルターニュの貴族たちから派遣され、パリは今回が初めてです」

テュルリュパンは公爵を感謝の目で見た。

「カンペール、ド・ジョスラン、シュール・ド・クトケン」もう二度と忘れまいと決心して、彼はその名をつぶやいた。

「ド・ジョスラン殿でしたか」がらりと声音を変えて大尉は言った。「わたしはお父君の指揮下で、七年前ブルターニュで歩兵隊を率いておりました。そのご子息にお目にかかれるとは光栄です。どうか無礼をお許しください。侯爵殿はいかがなされていますでしょうか」

「シュール・ド・クトケン、ド・ジョスラン、カンペール」テュルリュパンは小声でつぶやいた。「ド・ジョスラン、カンペール、シュール・ド・クトケン」そして声を大きくして答えた。「おかげさまでつつがなくやっております」「それを聞いてうれしい」大尉は断言した。「最後にお会いしてもう七年になります。騎士爵のわが従兄弟と長官をしている赤毛のわが友レストワールはどうしていますか」

「お互いによい友人同士です」

「何ですと」ド・カイユ・エ・ド・ルゴンは叫んだ。「仲良くやっていると。そんなことはありえない。あいかわらず敵同士と聞いておりますぞ、従兄弟と長官のレストワールは。そういう噂だったが」

「今は親友なのです」テュルリュパンはうけあった。「そしてあなたの従兄弟は長官の子を洗礼盤からとりあげました」

「何ですと。あの赤毛に子供ですと。生涯娶ろうとしなかったあの男が。それで誰と結婚したのです」

「隣人の姪とです」テュルリュパンはうめいた。「それにしてもここは暑い。息がつまりそうです」

ド・カイユ・エ・ド・ルゴンは果てしない驚きのあまり両手を挙げて、椅子に倒れこんだ。

「本当ですか」彼は叫んだ。「マドモアゼル・ド・ヴィラルスー、あの猫背のちびと結婚したとは。何を考えてそんなことを。しかもこんな形で聞くとは。あいつは二万五千タ一レルの持参金がついたド・ジョワニーの娘との話を蹴った。それなのにちびの猫背になびくとは。だがあいつはいつも愚かだった。死ぬまで愚かなことだろう。ところでド・ジョワニーは最近どうしていますか。いやそもそも、ド・ジョワニーは今何をやっていますか」

「布地の商いをやっています」テュルリュパンは気が遠くなりつつもやけくそで言った。

ド・カイユ・エ・ド・ルゴンは飛び上がり、呆然とした目でテュルリュパンを見つめた。

「布地の商いですと」彼はつかえながら言った。「何ということを言うのです。あの人の財産や領地や山林や館はどうなったのですか」

「もうありません」テュルリュパンはきっぱりと言った。「全部賭けで負けたのです」

「おお神よ！」大尉が叫んだ。「賭けで負けた。何という災厄だ。お子さんもいるというのに。しかもこんな形で聞くとは。きっとだまされたんだな。それであのご老体の財産を奪いとった悪党は誰なんです」

テュルリュパンは窮地に陥ったことがわかった。名前を一人も思いつかなかった。「それが何人もいるのです」彼はかなり早口で言った。「でも——悪いことばかりではありません。その方は毎日すばらしい料理を召し上がっています。この前いっしょに食事をしたときは、狩人風煮込みが出ました」

そして新たに質問させる隙を与えないようにまくしたてた。

「狩人風煮込みです。それには羊肉一切れと、あまり薄くない豚の腿肉一切れ、鶏の手羽先。それから何でしたか、ソース用に卵一個、酢、胡椒、刻んだ肉をさっと炒めるのにバター、辛子、酢、胡椒——」

ド・カイユ・エ・ド・ルゴンはテュルリュパンの弁舌の流れをさえぎろうとした。

「そしてド・ジョワニーは何を——」

「酢、辛子、胡椒、油」テュルリュパンは繰り返して強調した。「羊肉は煮込んだほうがよくて、それに玉ねぎ——」

「もう一つ教えてくださらんか——」

「確かに玉ねぎです」テュルリュパンは惑わされず続けた。「もちろん玉ねぎは入れすぎてはいけません。ほんの少し、半オンスばかりを細かく刻んで入れるんです。これが狩人風煮込みです。あなたがこの料理をご存じないのには驚きました。わたしの故郷のブルターニュでは――」

「お静かに」このときラヴァン公爵が声をかけた。「あれが聞こえませんか――外で何があったのだろう」

がやがやした声と召使が行き来する足音が廊下から聞こえた。執事が戸口に顔を見せた。

「ご主人さま!」執事が報告した。「ヴァンドーム家から遣わされた方がたった今到着されました」

「ヴァンドーム家からの使者か!」彼は叫んだ。「名は名乗ったか」

「ボーピュイ伯フランソワさまです。そう名乗られました」

「ル・ダンジュルー!」公爵が叫んだ。「ル・ダンジュルーだ。無謀にもパリに来るとは。狂気の沙汰だ」

「もう一つだけ教えてもらえまいか」大尉の声が聞こえた。

「ル・ダンジュルーさんですか!」テュルリュパンは叫んだ。「ぜひお目にかからねば。では失礼して下に参ります。今は時間がありません。あなたのお友達のことはまた別の折にでも」

テュルリュパンは走り去った。ド・カイユ・エ・ド・ルゴンはブルターニュの友の変わり果てた境遇に思いをいたして暗澹（あんたん）とした気分になった。

17

ボーピュイ伯フランソワ・ル・ダンジュルー、ランスとロクロワ（どちらも三十年戦争の激戦地）の勝利者、フランスの獅子——王の治政へのあらゆる謀反と陰謀に名を連ね、国家への背信をもって大逆罪の烙印を押されたル・ダンジュルー、マドリッド条約の四か所に名が見えるル・ダンジュルー、枢機卿の手に落ちれば必ず断頭台の露と消えるル・ダンジュルー——そのル・ダンジュルーが旅装姿で馬から降り、絹の半仮面（ドウミマスク）（目のまわりだけを覆う仮面）を手に階段に立つと、フランス中の反逆心のある貴族がまわりに押し寄せ、口々に歓迎の言葉をかけた。

由緒ある名家の歴々がそこにいた。ブロイ家の両伯爵、リュイーヌ、ヌヴェール、ノワールムティエ、ブイヨンの公爵連、アンボワーズ家出身のオービジュー大公、ラロシェフーコー家出身のマルシヤック大公——加えて諸地方から派遣された者たち、すなわちペロンヌ地方のオーブテール子爵、ポワトーのランサック騎士爵とド・ブラジュロンヌ、シャンパーニュの全権使節フロントナック騎士爵、モンディディエ地方のド・ラ・マグドレーヌ、ブルゴーニュの貴族から選任されたド・ベルトーヴィル、ペルシュ地方からサンタルドゴンド男爵――枢機卿を憎むあまりにこの屋敷に集まった誰もが、追放処分を受けたル・ダンジュルー、枢機卿の宿敵にして栄（は）えあるフランスの剣にあいさつしようと走り寄った。

熱狂の陶酔が彼らを襲った。リシュリューが誰よりも恐れるこの男が要（かなめ）にいさえすれば、自分らの企てはきっと成功すると確信されてきた。死刑宣告を受けたル・ダンジュルーが無謀にもパリまで来たことは、彼らには吉兆以上の意味があった。先祖代々の憎悪でもって今まで戦ってきた現体制（レジーム）が衰えた、これはまぎれもない印である。

大胆な行為への賞讃は、荒々しい忘我の歓呼となってとどろいた。

「ル・ダンジュルーだ！　ル・ダンジュルーだ！　ヴァンドーム家万歳！　うってつけの人を遣わしてくださった」

「これまでは指揮官がいなかった。だが今は違う。いざ戦闘開始！」

「勝敗は戦わぬうちから決したも同然！」

「獅子がフランスの鼠と戦う！　なんという見物だ！」

テュルリュパンは離れたところにある階段の手摺りにもたれていた。そしてどうでもよさそうな目で騒ぎを眺めていたが、喜びのあまり狂ったようにふるまう貴族たちの中に敵のド・ラ・ロシュ－ピシュメルを認めると、ようやく怒りが頭をもたげた。

「あいつめ！　今着いたあの貴族は本物の乱暴者で残虐そうなのに、僕の決闘相手はそいつを抱きしめて首に抱きつき、あらんかぎりのはしゃぎぶりだ。あの貴族とは仲良くやっているのに、僕の命は取ろうとするのか。おそらく僕が剣をうまく扱えないのを見破ったんだろう。軽々と弄ぶ気なんだろう。そうはさせるものか。キリストの血にかけて！　きっと目にものを見せてやる」

テュルリュパンに自信がみなぎり、心は闘志にあふれてきた。いいことを思いついたからだ。

「あの写字生がいる！　あの人に相談すればいい。あの人はどんな問いにもあらかじめ答えを教えてくれた。一対一で剣を交えるときどうすれば有利かも教えてくれるだろう。あの高慢ちきな悪党に一発お見舞いする秘訣を授けてくれるだろう。あのごろつきめ！　僕にちょっかいをかけても危険はないと思っているな。だがそれは大間違いだ。僕は一人じゃない。味方がいる」

テュルリュパンは両手をこすり合わせた。河畔に行けば味方にいつでも会える。写字生の機転への信頼はたいそう大きかったので、できるなら今すぐにでも走っていって助言を仰ぎたかった。だが門扉は閉まっている。テュルリュパンはこんな夜更けに少しのあいだ外出する口実を思いつけなかった。

そのあいだにも貴族たちは凱歌をあげながら、ヴァンドーム公爵から遣わされた者を、めいめいの帽子や肩帯(エシャルプ)や剣を揺らし、階段を上ったところにある宴会広間に案内した。テュルリュパンも列の最後についた。

ワインの栓が抜かれ、蠟燭の炎がいちだんと輝き、人々はヴァンドーム公爵とその子息二人の健康を祝して飲んだ。広間の一隅で、すっかり酔っぱらったル・コクーコルベイユが、彼にだけ聞こえる音楽に合わせ、体を揺すって真剣にパヴァーヌを踊っていた。

ル・ダンジュルーは低い声でヴァンドーム夫人について報告した。「追放の身になってから、すっかりお変わりになりました。けしてお出かけにならず、ミサにさえ参列されません。取り次ぎ役、猿、ムーア人、リュート奏者、道化、プードルだけをお供にして閉じこもっていらっしゃいます」

「シュヴルースの奥方はいかがですか」マルシヤック大公がたずねた。

「モンスという国境近くの小さな町でパリの旧友と再会するのを待ち焦がれていらっ

しゃいます」

「モンス！　モンス！　その名なら知っている」思い当たったというようにサンタルドゴンド男爵が言った。「モンスといえば、トランプの札を作っているところではありませんかな」

テーブルの反対側では、ワインの酔いが回ったド・カイユ・エ・ド・ルゴンが立ちあがった。

「ご承知のとおり、ル・ダンジュルーは、ランスとロクロワのころから、そしてサーブル・ドロンヌの襲撃のころから、悪魔と契約を結んだことが知られている。貴君は笑われるのか。わたしをお作りになった神にかけて！　この方は弾に当たっても死なない。腕に抱えた悪魔の聖務日課書をご覧あれ。いかなる鉛もこの人を噛まないし、いかなる鋼（はがね）も刺さない。われわれはそれをサーブル・ドロンヌで目の当たりにした。地獄の王たちと同盟しているのだ。それにしてもフランドルとの国境からパリまで、あれほど多くの要所や関門があるのに、どうやって見つからずにここまで来られたのだろう」

「二十四です」テュルリュパンは驚いて隣にいたド・ブラジュロンヌにささやいた。

「フランドルとパリのあいだの二十四の関門のことですか」ポワトーからの使者はけ

げんな顔でたずねた。

「地獄の二十四人の王のことです」テュルリュパンが教えた。「一人ひとりの名も知っています。一番偉いのがルシフェルで、それからベルゼブブ、サタナス、アムラペル——」

「世界で一番自然な方法でだ」ル・ダンジュルーは報告した。「昼は宿で寝て——」

「それから口やかましい悪魔ベリアル」テュルリュパンは続けた。「メロダハバル、ヴァハルディヌル、暴食の悪魔アスモデウス」

「——夜は枢機卿の一行とともに行軍する」

「獣の悪魔べヘモス、不潔の悪魔アサルハドン、メロソハド、クシストロス」

「神よ、何という名でしょう」ド・ブラジュロンヌはテュルリュパンが開陳した秘密に驚きの声を小さくあげた。

「枢機卿の一行と。何と大胆な」ノワールムティエ公爵が声をあげた。「すると枢機卿は部隊を一つにまとめたのですか」

「それについては正確な情報がつかめている」ド・ロンシュロルが口を出した。「枢機卿は信頼できる司令官のいる連隊をすべてパリへ向かわせた。シャルトル連隊、カレー連隊、アンジュー連隊、王妃付き軽騎兵隊——」

「それは願ってもないことだ」ランサック騎士爵が叫んだ。「われわれの故郷に血が流れることはない」

「貪欲の悪魔アスタロト、色欲の悪魔ティフェレト、罪を極楽にもたらすサタエル」テュルリュパンはささやいた。

「あなたの学識には驚きました」ド・ブラジュロンヌが言った。「わたしの故郷のポワトーにもその種の知識に長けた貴族がいます。その人は本を一冊出しました。三位一体を自然の原理から証明したのです」

「わたしは天の軍団の名も知っています」テュルリュパンは自慢した。「ローマの有名な将軍の名も知っています。さらに心悸亢進や疥癬や吐血や脱腸やリューマチの薬も知っていますし、山鶉を素手でつかまえられるように酔わせる薬も知っています」

「その薬ならわたしも聞いたことがあります」ド・ブラジュロンヌが言った。「古くて良いワインで湿した小麦粉を豌豆くらいの大きさに丸めて、まき散らすっていうんでしょう。畑番の老人がそう言ってました。その人はあいにく去年の冬に亡くなってしまいましたが」

「わたしはモーセの妹マリアから知りました。とても学識のあるユダヤ人です」テュルリュパンが言った。

「どんなに学識があるか知らないが、狩猟についてはからきし理解していませんな」田舎貴族は言った。「いいですか、そんな団子なんか役には立ちません。そんなのを撒いたら、雀の何羽かは酔っぱらうかもしれませんが、山鶉にはききません。山鶉は賢いので鳥もちにはひっかかりません。散弾銃で撃つほうをおすすめしますね」

「それでフランドルからパリまで冒険のひとつもなしですか」テーブルの向こうからオービジュー大公が声をかけた。

「他の者なら祝別された聖アガテのお守りを持つところだが、ル・ダンジュルーは悪魔と契約しているからな」ド・カイユ・エ・ド・ルゴンが隣に座ったオーブテール子爵にうけあった。「ル・ダンジュルー自身はそれを否定している。その話題が出るのを嫌がる。だがわたしは契約書をこの目で見た。袖の中に隠しているのだ」

「冒険か。一度だけあった」ル・ダンジュルーが言った。「ここに来る途中、マルルとソワソンのあいだで政府の警備隊に見つかって、〈狐亭〉にいたところを三時間ばかり包囲された。あるじは負傷した。わたしは屋根に火を放ち、起こった騒ぎにまぎれて逃げた。他には語るほどのことは何もない。つい先ほど、まだ半時間とたってはいないが、ここから弾が届くくらいのところの河岸で、六人のならず者が襲ってきた」

「たった六人か」ド・ラ・ロシュ－ピシュメルが口を出した。「ル・ダンジュルー、貴君なら十六人でも相手に不足があろう」

「六人出てきて五人は逃げた。六人目は解任してやった。枢機卿がもっとましな男を雇えるように」

「皆さん」ラヴァン公爵が呼びかけた。「雨もあがったことですし、ル・ダンジュルーさんが河畔でしとめた獲物を見に行きませんか」

「そいつなら」ル・ダンジュルーが言った。「小道が堤防から逸れはじめるところにいる。わたしはポプラの幹を背にしていた。その根元に寝ているはずだ」

「賛成！」ド・ラ・ロシュ－ピシュメルが声をあげた。

「わたしも」とマルシヤック大公とド・ベルトーヴィルが口をそろえて叫んだ。

「わたしも行きましょう」ド・ブラジュロンヌが言い、テュルリュパンのほうを見た。

「あなたはどうします。いっしょに行きますか」

テュルリュパンは話をぜんぜん聞いていなかった。

「わたしは疲れています」彼は言った。「朝からずっと立ち詰めでしたから」

「河岸まで少し散歩するだけですよ」ド・ブラジュロンヌが言った。

「ああ、それならお供しましょう」ほっとしてテュルリュパンは言った。疲れは不意に消えた。そこに行けば友の写字生に会えると気づいたからだ。

18

ド・ラ・ロシュ－ピシュメルが抜き身の剣を握りしめ、燃える炬火を掲げたラヴァン屋敷の厩舎長と共に先頭を歩いた。四人の貴族とテュルリュパンは待ち伏せを恐れ少し離れて従いていった。装塡したマスケット銃を手にした二人の召使が後尾についた。

空には星一つなかった。冷えた風が広い草原を薙いでいた。河から白い霧が流れ、葉を落とした河沿いの灌木に霜が降りていた。道を曲がると不意に屋敷の明るい窓が見えなくなった。つむじ風が部屋や広間の蠟燭をことごとく吹き消したようだった。

一行が堤防沿いに歩いていくあいだ、ド・ベルトーヴィルが低い声で、やはり闇夜に軍営を後にしたある貴族の、せいぜい情けない冒険談としか言えない話を語った。最後のスペイン行軍のときの話だ。

「この頓馬な男は、橋の上で羊の群れに出くわした。ミルノワに連れていかれる羊だ。

それを闇の中で敵の前哨と勘違いした。驚きは並大抵のものじゃなかった。さっと跪いて、両手を天に掲げて叫んだ。『慈悲を！　命だけは助けてくれ！　俺は投降する』」

河のざわめきがその声にかぶさった。誰も話を聞いていなかった。ラヴァン公爵は立ち止まって左右を見た。

「四人しかいません。ド・ジョスランさん！　ド・ジョスランさんはどこに行ったのだろう」

テュルリュパンはこっそり逃げ出そうと闇にまぎれたのだった。写字生の助言を聞きに行くところを貴族の友に気づかれたくなかったから。

「さっきまで隣にいたのだが」ド・ブラジュロンヌが言った。

「とにかく先に進まないか」ド・ベルトーヴィルが叫んだ。「靴が水浸しだし、やけに寒い。またどっかで会えるだろう」

彼はぶつくさ言い始めた。この数日間の土砂降り続きで道はめちゃくちゃになっていた。とつぜん声が聞こえた。ド・ラ・ロシュ－ピシュメルのものでも厩舎長のものでもない。

「止まれ！　それ以上進むな！　一歩も前に出るな！」

「行きましょう！　揉めごとが起こったらしい」ラヴァン公爵が呼びかけた。「早く助けに！」

四人の貴族は剣を抜いて、炬火の赤らんだ光が示す方向に急いだ。二人の召使もそれに続いた。

霧の中に二人の男の姿が浮かびあがった。彼らの長槍はド・ラ・ロシュ－ピシュメルに向けられている。いきなり現われた大人数の加勢を前にして、二人の顔に狼狽が走った。手前の草むらに負傷した男が横たわっている。河からせせらぎが微かに聞こえ、波に揺れる小舟の輪郭がぼんやりと見分けられる。

ド・ラ・ロシュ－ピシュメルがゆっくりと手を動かし、敵に目もくれずに、長槍を押しのけた。そして言った。

「厩舎長！　こいつの顔を照らせ！」

炬火の光が地に横たわり苦痛にゆがむ土気色の顔に落ちた。二人の男は今なお長槍で突きの構えをして、数で有利な敵に向かっている。だが誰もそれを気にしなかった。

「クロワソーじゃないか。何ということだ。クロワソーに違いない」ド・ラ・ロシュ－ピシュメルが叫んだ。「〈荷運び馬〉と呼ばれたクロワソーだ。枢機卿に仕えていた者の中でも、いちばんたちの悪い奴だ」

「本当だ。クロワソーだ」ラヴァン公爵が言った。「なんという運命の報復だ。主馬頭とド・トゥーを死刑台に送った男が」

「クロワソー！」ド・ラ・ロシュ－ピシュメルが辛辣な笑い声をあげた。「なんて格好で寝てやがる。闇の中でどこの肉屋の鉤にぶち当たった」

「哀れなクロワソー」マルシヤック大公が言った。「こんなに血まみれになって。どうしてこんな惨たらしいことに」

二人のうち一人が長槍を降ろし、そして言った。

「旦那方、われわれ貧乏人の生には酷い二つの道しかありません。飢えて死ぬか、悪党になるか。ここに横たわる男は、何日も子供にパン一口さえ食わせてやれませんでした。だが旦那方は富のおかげで立派にやっていける。それなのに何を好んで謀反や暴動を起こすのですか」

「わが友よ」マルシヤック大公が言った。「誰もそれには答えられない。今まで多くの発見がなされたが、それにもかかわらず、人の魂の領域には、いまだ探索のなされぬ場所が多くある」

「マルシヤック大公殿ではありませんか」長槍を手にした二人目が声をあげた。「今ようやくわかりました。すると大公殿は、王に滞っておけと命ぜられたのに、アングレームの城を後にされたのですね」

「枢機卿に急ぎこの件を伝えろ」ラヴァン公爵が言った。「この知らせは優にピストル十挺の威力がある」

かすかな呻きが草むらから聞こえた。負傷した者が目を開けた。

「司祭はいないのか」

「司祭は連れてこなかった」ド・ラ・ロシュ－ピシュメルが答えた。「さっさと聖バルバラに祈っておけ。告解せずに死にたくなければな。だがもう遅い。お前はもう終わりだ。天国への扉を開けてくれるよう聖ペテロに乞え」

負傷者は頭をもたげて、ド・ラ・ロシュ－ピシュメルを憎々し気に見やった。

「お前らこそ聖バルバラに祈るがいい」苦し気な喘ぎ声が言った。「お前らの時代は終わった。これから始まる日の名がお前たちにわかるか。聖マルタンの日というのだ。十二時間が二度過ぎる前に、フランスの面貌はがらりと変わる。それも良いほうに」

そして一声うめくと、胸に手を押しあてた。

「どういう意味だ」ド・ベルトーヴィルが不安げにたずねた。

ラヴァン公爵が頭をのけぞらせて愉快そうに笑った。

「もぐりの医者や街楽師やパンフレット書きや三文詩人なんかの、パリ中の役立たずで能なしの連中が明日逢引をするんです。その集まりを羽根突き大会と称しています。なぜそんな名か誰も知りません。連中自身も知らないでしょう。まともな市民は誰も相手にしていません」

このときテュルリュパンが闇の中から顔を見せた。召使の一人を押しのけて何が起きたか見ようとした。その目が負傷者の上に落ち、土気色の顔に寄る無数の皺を認め、死に瀕しているこの男こそ、河辺で空しく探し、その助言に希望をつないでいた写字生と知った。

テュルリュパンは男の上に屈んだまま動かなかった。

「気をつけてください、ド・ジョスランさん」ラヴァン公爵が注意した。「そんなに近づいてはいけません。クロワソーはずる賢い奴です。今際の際にもあなたの喉に剣を突きたてかねません」

死につつある者は身を起こそうとしたが、一声呻いてまた倒れた。

「ド・ジョスランは死んだ」消えかけた命に残る最後の力をふりしぼって男は言った。「ド・ジョスランは河底にいる」

しばらく誰も何も言わなかった。聞こえるのは舟にぶつかる波の音ばかりだった。やがてラヴァン公爵があどけなさの残る明るい声で言った。

「馬鹿な。幸いにもド・ジョスランさんはちゃんと無事でここにいる」

死につつある者はもう何も言わなかった。二人の友が彼を抱えあげて舟底に横たえた。貴族たちは黙って来た道を引き返した。

城の廊下では召使たちが蠟燭をかかげ、貴族たちを各々の部屋に案内するために待っていた。ド・ラ・ロシュ－ピシュメルがラヴァン公爵のほうを向いて言った。

「クロワソーの奴、ド・ジョスランは死んだとか変なことを言ってたな。なぜそう思ったのだろう」

そして底意ありげにテュルリュパンの真っ青になった顔を探るように見た。

19

翌日遅くに目覚めたテュルリュパンは、サボー未亡人の部屋にある王女ジュディットの色褪せた壁掛け（タピスリー）を目で探した。だが見えたものは奇妙な動物、武装した男、それに裸の女だった。魔女キルケーが広間で機織（はた）りをして、山狼と獅子がそばに侍（はべ）って愛の言葉をささやき、オデュッセウスの友エウリュロコスが青銅の義足を持つ仲間を連れて家の敷居に足をかけ、それらすべての上に描かれた太陽が赤らんだ金色の光を落としていた。

だが彼を一番うろたえさせたのは鬘（かつら）で、それは鼈甲（べっこう）と孔雀石（マラカイト）と瑠璃（ラピスラズリ）が象嵌（ぞうがん）された黒檀（こくたん）のテーブルに置かれていた。昨夜は服を着たままベッドに倒れこんだが、つけ慣れず邪魔だった鬘は闇の中でそこに置いたのだった。何だってこの鬘は仕事場からここに来たんだろう。この訳のわからない、道理に反する現象に、彼の考えはまず向かった。

だがとつぜん、自分が剣を脇に佩いているのに気がついた。床に落ちた羽根飾り帽が目に入ると、昨日のできごとが頭に蘇った。それとともに寝ているときの重苦しく不安をそそる夢の記憶も戻ってきた。

伯爵家ラヴァンの長子である彼は、羽根飾り帽と剣を身につけ、立派に着飾った姿で街を闊歩している。ずっと遠くで弟がみすぼらしいなりをして、騾馬と鈴とともに、哀れな声で呼ばわるのが聞こえる。羽根飾り帽！　羽根飾り帽はいらんかね！　——そして彼テュルリュパンは誇り高い足取りでそこに向かい、威厳をもって庶民どもを押しのける。馬に乗って通り過ぎる人は彼にお辞儀をし、美しい婦人たちは黄金に輝く馬車から彼に目配せする——そこにとつぜん声が聞こえる。小さなニコルの声だ。「テュルリュパン！」とニコルは呼びかける。「テュルリュパンさんが羽根飾り帽と剣を！　急いで！　走って！　お客さんが待ってるから」

馬に乗った人々は消え、馬車の黄金の輝きも消え、畏れかしこまる庶民も羽根飾り帽も剣も消えて、テュルリュパンは剃刀を手に仕事場に立っている。染色師のピジョーさんが額に皺を寄せて言う。

「お楽しみでしたな。あちこちであいさつして、お喋りに花を咲かせて、ぶらぶらほっつき歩いて。ところでわたしの鬘はどうなりました」

テュルリュパンは起きあがって窓辺に寄った。晴れわたった外の景色を眺めていると、夢で見た幻の記憶は薄らいでいった。小さなニコル、仕事場、剃刀、ピジョーさんの鬘——一切がなんと遠ざかったことか。僕はもうテュルリュパンじゃない。誰も僕の秘密を知らない。僕をド・ジョスランに仕立てあげた写字生はもう秘密を漏らすことはない。口は永遠に閉じられた。

ただド・ラ・ロシュ゠ピシュメルとの決闘への不安が心に圧しかかっていた。しばらく彼は窓辺に立ち暗い物思いにふけったが、その不安もやがて消えた。

——お母さん！　高貴な生まれの僕のお母さん！　どうしてあなたのことを真っ先に考えなかったのでしょう——幸せそうな笑みを浮かべ彼はつぶやいた。——あなたとはまだお会いしていません。すぐにあなたのもとに行って、すべてをお話しします。あなたは助けてくださるでしょう。あの悪党が剣をこの胸に突き立てることを、あなたはお許しにならないでしょうから。

物音がして彼は顔をあげた。開いた戸口に、彼の世話を命じられた小間使いが、全身真っ白の服を着て立っていた。

「お客さま、朝食はいかがいたしましょう」

テュルリュパンは空腹を感じた。できることなら祝日にいつも食べるパンの一片と白チーズを注文したかった。だが階級にふさわしくあらねばならない。それは十分にわかっていた。

「ミルクスープとビスケット」彼は答えた。「そのあとで猟獣の肉入りパイ。トリュフでよく味をつけた、ほどほどの大きさのものを」

小間使いは去っていった。テュルリュパンは椅子に身を投げ出した。彼は気分がよくなかった。失策をおかしたのに気づいたが、やり直すにはもう遅すぎる。食べ物だけでワインのことは何も言わなかった。貴族なら朝食でブルゴーニュの二本や三本は空けるものだ。

しかし小間使いがふたたび現われたとき、盆の上には湯気をたてるミルクスープとビスケット、トリュフのパイ丸ごとといっしょに二本のワインが載っていた。小間使いはテーブルに食器を並べ、テュルリュパンの給仕をするために脇についた。

「奥さまはどこにいらっしゃるのかい」彼はたずねた。「話したいことがあるのだが」

「まだミサからお戻りになりません」小間使いが答えた。「さっきからお待ち申しあげているのですが。ブルゴーニュとクラレット、どちらになさいますか」

「お戻りになったら知らせてくれないか」テュルリュパンは言った。「僕が奥さまに申しあげねばならぬことは、何よりも大切なことなのだ。白を少しばかり、それから赤はたっぷりもらおう」

小間使いは一つのグラスをクラレットで、もう一つをブルゴーニュで満たし、肉入りのパイを一切れ彼の前に置いた。テュルリュパンは彼女の顔を見た。今まで会ったどんな娘よりきれいだった。そのときようやく、その目に涙が溢れているのに気づいた。

彼は一口食べ、一杯飲んでから言った。

「何か悩み事があるようだね」

娘は頭を垂れた。

「旦那さま」彼女は声をひそめて言った。「旦那さまをわたくしごとで煩わせるために、わたくしはここに参ったわけではございません」

「かまわない。話してごらん」テュルリュパンは言った。「食事しながらでも話は聞けるから」

「旦那さまは優しい方です」娘は言った。「わたくしに打ち明け話をお許しくださいました――実は明日の朝早く、このお屋敷を出ることになっております。まだはっきりとはわかりませんが、これからは糸紡ぎをして暮らさねばならないかもしれません」

「でもどうして――」とテュルリュパンは問い、肉入りパイを頰ばった。「どうしてここを出なければならないんだい。こんなに何もかもあり余っていそうなところを」

「わたくしを召使のひとりと娶せようと執事さまが考えているのでございます。その召使を自分の夫とするのに気の進まない理由はいくつもございます。まずとても口にできないような見かけなのです。顔がのっぺりしていて目は豚みたいで脚は丸太みたいです。おまけに年だし喧嘩っ早いし強欲いんです。好きになれるところがひとつもありません。でも執事さまは、すぐにいい夫になると言うんです」

「するとその嫌らしい男は」腹を立ててテュルリュパンは大声をあげた。「生意気にもお前を愛しているのだね。そいつの気をくじかせる方法はないのかい」

「何もありませんの」娘は顔を曇らせて言った。「わたくしを始終苦しめるばかりです。そして執事さまも――執事さまがこの件を持ち出してから、一時も心が休まるときがありません」

テュルリュパンはワインとパイを忘れた。そして考えこんだ。この子を助けてやれる者がいるとするなら、それはこの僕だ。母親である公爵夫人に一言二言言ってやるだけでいい。

「何が僕にお前への友情の気持ちを起こさせるのかわからない。だができることはしてあげたいと思う。その執事は本当に恥知らずな奴だ。僕から奥さま、つまり公爵夫人に、そいつの困ったふるまいについて一言言ってあげよう。そうすれば奴も自分の立場がわかるだろう。奥さまも僕の言うことなら聞いてくださる。僕があることを口に出せば、お前はきっと驚くだろう」

「ほんとうにわたくしのことを奥さまに話してくださるおつもりですの」娘は喜んだ。「そうしていただければどんなにうれしいことでしょう。身に余る光栄です。ほんとうに感謝しますわ。今までもお客さまのお気に召すよう心を配ってましたが、これからはよりいっそう気をつけてお客さまにお仕えいたします」

「よし、それでは」テュルリュパンは言った。「まず公爵夫人と話のできる機会を作ってくれないか。僕が奥さまにお願いすることが今後この屋敷で行なわれないなら、僕を鞭打ってくれてもいい。お前の名を教えてくれ。奥さまにお前のことを話すには、どう呼ばれているか知っておく必要がある」

「ジャヌトンと申しますの」小間使いは教えた。「でもこのお屋敷にはもうひとりジャヌトンがいますから、わたくしはゲラルドと呼ばれています。出身はブーローニュです。父はその町で小さな家具工房を持っているのですが、もうかなりの年なので、お客さんはめったに来ません。お荷物になってはいけないと思って、パリにやってきました。そして十七歳のときからこのお屋敷で奉公しています」

「ブーローニュ出身だって。それは驚いた」テュルリュパンが言った。「ブーローニュあたりの女の子の髪はたいていぱさぱさで艶気がない。潮風が髪を色褪せさせてごわごわにするんだ。でもお前の髪は美しい栗色で自然に巻いている。こんな美しい髪はブーローニュの娘には珍しい」

「そのとおりです。わたくしの髪は自然な巻き毛なんです」娘は目を輝かせて同意した。「でもお客さま、ここに滞在される方の中で気づいてくださったのはお客さまがはじめてです。他の方は誰も気にとめません」

「お前は若くて美しい」テュルリュパンは続けた。「僕はそういうのを好ましく思う。ワインを少し飲んでごらん。このパイも味見すればいい」

「せっかくお許しをいただいたのに、断ってお客さまが気を悪くされるといけませんから」そう言って娘はグラスからワインを啜(すす)った。

少しのあいだ二人は黙った。ワインが小間使いの唇を赤く湿していた。テュルリュパンは彼女のほうに身を寄せた。彼は考え込んだ。この美しい娘に、無作法にではなく、貴族らしさを失わず、愛を伝えるにはどうもちかければいいだろう。

「お前を囲む要塞を、僕は生涯をかけて突破したい」とうとう彼は自信なさげにそう言って、彼女の服の胸のところを指した。

　顔を赤くした娘は開いたままの扉にちらりと目をやった。それからテュルリュパンにお辞儀をして、恥ずかしそうなささやき声で言った。

「お客さま、わたくしども貧しい娘への高貴な方々の愛は、幸福も祝福ももたらさないと言われております。でもお客さまはたいへん親切にしてくださいました。もしお客さまがわたくしを本当に気に入ってくださったのなら……わたくしの寝室は銀糸刺繡の縫子（ぬいこ）の部屋にあります。夜もそこにおります。お屋敷のこの部分の廊下から狭い通路に入って三番目の扉です。晩餐のあと部屋にお戻りになるとき、通り過ぎざまに扉を叩いてくださいませ。わたくしは参ります」

「ゲラルド」喜ばしい興奮にあふれてテュルリュパンは言った。「僕はお前がとても気に入った。お前は僕を世界で一番幸福な人間にする。お前をこれほど美しく作ってくれた神に感謝するよ」

「ゲラルドではなく、ジャヌトンと呼んでくださいませ。それから、扉は旦那さまだとわかるように二度叩いてください。ド・カイユ・エ・ド・ルゴンさまがまたお見えになっていますから。あの方は始終わたくしを慰み者にしようと追い回しているのです。まるで人間じゃなくて猿みたいに。ですから必ず扉を二度叩いてくださいませ。そうすれば――」

小間使いはそこで言葉を切った。開いた戸口に執事が立っていた。ジャヌトンは瓶と皿とグラスの載った盆を取り上げ、逃げるように部屋を出て行った。

「お客さま」執事がテュルリュパンに向かって言った。「集会がただ今始まりました。皆さまがムーア人の間でお待ちしています。よろしければご臨席願えませんでしょうか」

20

厳(おごそ)かな沈黙が支配するムーア人の間で、ピエール・ド・ロンシュロルが起立した。三十年前の最後の三部会（貴族・聖職者・第三身分からなる議会）でフランス貴族を代表し、王に向かって誇り高い、いまだに忘れられぬ反駁をしたこの老貴族——今は滅びた偉大な時の最後の証人が、重々しい言葉で開会の辞を述べ、同時にそこにいる者めいめいに呼びかけ、その出席を謝した。

「わたしはノルマンディーの貴族たちから遣わされた」続いて彼は言った。「海の波が壁となり、嵐が屋根となる地の貴族たちだ。やがて不遜(ふそん)にも総督が一人、われわれの上に置かれた。その者はわれわれと違って貴族ではない。地方長官(アンタンダン)の不正、公的な自由の制約、われわれの職務や尊厳や、領地財産の喪失。今までわれわれは、こうした不幸に文句も言わず甘んじてきた。より良い時代を期すという決意を堅く心に秘めてきた。だが今、誰しも認める明らかなことは、われわれの名誉までもが狙われているということだ」

憤りの喧騒が広間に巻きおこった。テュルリュパンは隣に座るマルシヤック大公のほうを向いてたずねた。

「ド・ラ・ロシュ－ピシュメルさんがいらっしゃいませんが、どうしたのでしょう」

「何か変わったことはないかと、ルーヴルに行ったのです」

「すると晩までには戻ってきますね」

「ええ間違いなく」マルシヤック大公が答えた。

そのあいだに騒ぎはおさまり、ド・ロンシュロルが演説を続けた。

「ノルマンディーのわれわれは平和を望んでいる。王も王妃も臣民も、全フランスが平和を望んでいる。だがリシュリューだけは望まない。何年も前から飽かず国の法律を踏みにじり、明文化され保証された貴族の地位に一顧も与えない。リシュリューは戦争を欲している。よかろう。したければするがいい。われわれも武器を手にしてあの暴君と戦おう。法を損ない、フランスを荒廃させ、もっとも高貴にして忠実なる王の臣下たちを絞首台に送ったものと戦おうではないか。そして聖女マリアと聖ヨセフのように――」

「エフィア侯の思い出に栄光あれ！　モンモランシー侯の思い出に栄光あれ！」オー

ビジューの大公が自分の席から声をかけた。

「そして聖女マリアと聖ヨセフが」ド・ロンシュロルが声を高めて続けた。「幼子イエスを求めて出発したように、われわれも出発し、われわれの旗に『我ラハ我ラノ王ヲ求ム（レゲム・ノストルム・クアエリムス）』と書こうではないか——われらはわれらの王を求める。正義の王、われらに耳を貸す王、専政も暴政もなさぬ王、リシュリューなしの王。——最後に一言。神がわれらの企てを嘉（よみ）したまい、われわれがその栄光、その王国の繁栄の益にならぬことを議決せぬよう、神がわれらの談合を司（つかさど）りたまいますように」

一同はおし黙ってノルマンディーの老指導者に敬意を表した。だがこの静けさは長くは続かなかった。オーヴェルニュから遣わされた聖霊勲章受章者ロシュシュアール侯ド・ショードニエが口を切ると、微かなざわめき、気の昂（たかぶ）ったささやきが起こった。ラヴァン公が立ちあがり、足音を立てずに広間を横切った。オービジュー大公のまわりに集まった貴族たちの傍らに、彼は立ったままでいた。まるで秘密の指示を与えたいかのように。

「諸君らもご承知のとおり」ド・ショードニエは演説をはじめた。「生まれてこのかた、わたしは何かを恐れて行動を起こしたことは一度もない。何ごとであれ、ただ名誉だけを追い求めてきた。和解へのあらゆる手段が尽き、止むをえなくなったときにかぎり武器をとった。助言を請われたときはいつもこう答えてきた。わたしの見るところ、その時はいまだ来ていない――」

「その時は来ている！　もはや待つ時ではない！」オービジューの大公が声をあげた。

「その時はまだ来ていない」ド・ショードニエは繰り返した。

だがその言葉はあらゆるところで騒々しい反論を巻き起こした。

「あいつの言うことを聞くな！　先延ばしはすなわち敗北と滅亡だ」

「枢機卿はわれわれの優柔不断をあざ笑って、うまく利用するだろう」

「奴のことだ、ぼやぼやしてるとまた陰謀をたくらむぞ」

「わたしを遣わしたオーヴェルニュの貴族は」ド・ショードニエが新たに口を切った。

「もういい！　これ以上聞く耳はない」

「先延ばしにつぐ先延ばし。それは臆病者の戦略だ」

「わたしを遣わしたオーヴェルニュの貴族は――」荒れ狂うざわめきに向かってド・ショードニエは声をはりあげた。「諸君すべての注意を要求する権利を持っている。戦争と危険への愛はその方の情熱であり、栄誉はその方の宗教だ。わたしは自分の言が聞かれることを要求する」

「静まれ！　オーヴェルニュの使節の言うことを聞け！」ル・コク－コルベイユのと

どろく声が響きわたった。

とつぜんテュルリュパンの傍らにラヴァン公爵が立った。そして彼の肩に手を置いて、ささやきかけた。

「ド・ジョスランさん。昨日あなたは光栄にも、あなたの立派な心情をわたしに披露してくださいました。友としてあなたがわれわれの側に立つことを期待しています」

「オービジュー大公はその時は来たと断言する」オーヴェルニュの使者が続けた。「そこで貴君らに一つ問いたい。その時のための用意はできているか。確かにわが方は多数の貴族と武装農民を集められはする。だがその部隊に供するに十分な軍備品や弾薬がどこにある。地方の総督はわれらの側についているのか。二日以上持ちこたえられる要所は一つでもあるのか。スダン、リブルヌ、テュラソン、リムイユはもはやわれらの手にない――」

「ド・ショードニエ殿は忘れています」ラヴァン公爵が声をあげた。「わたしたちには友がいるのを。この友はわたしたちの側からのたった一言を待っているのです。全力を尽くしてわたしたちを助けに急ぐために」

深い沈黙がこの発言に続いた。その静けさのなか、度を失って青ざめたド・カイユ・エ・ド・ルゴンが立ちあがった。

「わたしがスペイン王の人柄に抱く敬意はよくご承知のことと思う」その声には感情の苦し気な昂ぶりがあった。「そしてわたし以上に、その加勢がわれわれの企図にどれほどの優位をもたらすかを知っているものもおるまい。その上で率直に言わせてもらう。貴君らはおのおの良心の命ずるままに行動するがよろしい。だがわたしは――わたしの名誉は祖国の敵を味方につけて戦うことを潔しとしない」

リシュリューへの憎悪で一つになっていた貴族らがたちまち二つの陣営に分かれた。一方は右のオービジュー大公の周りに集まり、もう一方は左のド・カイユ・エ・ド・ルゴンを指導者として集まった。テュルリュパンはどうしていいかわからず、ひどくうろたえてその間に立っていた。そしてごったがえす中を空しくラヴァン公爵を捜した。彼は公爵がどちらに組しているかを知らなかった。

両陣営から熱気と憤りに満ちた呼びかけが応酬された。

「われらの勝利はすなわち故国への奉仕だ。したがってこの目的のためにはいかなる手段といえども――」

「災厄がオーストリア王家に見舞うがよい。災厄が佞臣（ねいしん）オリバーレス（スペインハプスブルク家フェリペ四世の首席大臣）に見舞うがよい――」

「キリスト教世界の繁栄のために、スペイン王家とフランスが公正なる和平を結ぶこと、これがわれらの望みだ」

「国家の敵との協約や連繋はごめんこうむる――」

「いかなる手段を使っても正義は実現せねばならぬ。ところがわれらに許されていないのは――」

「ノワールムティエ殿！　貴君にまだ正気が幾分残っていた頃は――」

「モンベリアル殿！　わたしは貴君を恐れも敬いもしていない。その証拠に――」

「貴君が政治と呼ぶものを、わたしは裏切りと呼ぶ！」

「わたしを不遜にも裏切者と呼ぶのはどなたかな」

不意に喧騒が収まり、皆の目は、剣を手に相対するノワールムティエ公爵とモンベリアル伯爵に集まった。テュルリュパンはどちらからも命を狙われているような気がして扉のほうに急いだ。

「無礼にもわたしを裏切者と呼ぶのか」怒りにわれを忘れてノワールムティエ公爵が叫んだ。「救世主の血の滴にかけて、もしわたしが知らねば――」

「まさしく裏切者。しかも約束破りだ」モンベリアル伯爵が叫んだ。「隠者と呼んでもいい。その隠居に貴君は自分の恥を隠している」

敵対する二人が互いに襲いかかろうとする素振りを見せたまさにそのとき、テュルリュパンは少し開いた扉からジャヌトンの顔がのぞいているのに気がついた。小間使いは彼を捜していたが、彼と目が合うと、話したいことがあるという合図をした。テュルリュパンはこっそり部屋を出た。誰も気にしていないようだ。音を立てず彼は扉をまた閉めた。

「中はすっかり狂っている」彼は小間使いに言った。「じきに頬が打たれるだろう（決闘の申し入れ）。そしてあそこにいた二人が互いに殺し合うのだ。あのドイツ貴族には困ったものだ。昨晩あの人が罵り歌うのを聞いた。あの人は罵りにも歌にも他の人よりも心得がある」

「旦那さま」ジャヌトンがささやいた。「わたくしがここに来たのはたいそう軽率でした。集会のあいだは、お屋敷のこの区域には立ち入らぬようきつく言い渡されていましたから。でも旦那さまは、奥さまがミサからお戻りになったらすぐ知らせろとおっしゃいました。今お急ぎになれば、階段で奥さまとお会いできます」

ラヴァン公爵夫人がゆっくりと階段を上っていく。その目はどこことも知れないところを見ている。二人の侍女が後からつき従い、公爵夫人のあらゆる動きに気を配っている。高所にあるアーチ形の窓から秋の日差しが手摺りの白い大理石に落ちている。

テュルリュパンは不動の姿勢で、階段を上がったところに立っていた。彼の目は母の黒い喪服姿を見た。母の顔を見た。かつて教会で自分に向けられた目を見た。胸の中で何年も出番を待っていた荒々しい愛情の言葉が口から溢れそうになった。だが彼は自分を抑えた。そして黙ったままでいた。最初の一言は母のものだ。

テュルリュパンは帽子を取った。白い髪の房が額に垂れた。

ラヴァン公爵夫人は振り向きもせず、まるで彼がそこにいないかのように通り過ぎた。

21

焼き串を手にした料理人見習いの少年が階段を駆け下りる途中で立ち止まり、後ろを振り返ってまた走り出した。扉の一つが閉まり、あたりはまた静かになった。階段の大理石を秋空を渡る鳥二羽の影が滑っていった。

テュルリュパンは金縛りから解けるように、ゆっくりとわれに返った。どれほどのあいだ、羽根飾り帽を手にしたまま、あいさつの姿勢で立っていたのだろう。母が他人のように通り過ぎてからどれほどの時が過ぎたのだろう。

心にあるのは苦痛でも驚愕でもなかった。見捨てられたという感じがとめどもなく広がっていくばかりだった。彼は頭を振って溜息をついた。

僕は母さんを怒らせた——淋しげ気な笑みを浮かべて彼はつぶやいた。——母さんは僕を見て驚いた。僕がここに来たのは秘密を暴露するためだと思ったのだ。高貴な生まれの公爵夫人は、人の鬘（かつら）の寸法を測る息子がいることが世間に知れるのを恐れている。だから僕を見なかったふりをしたのだ。

彼は床を見つめた。彼の額が曇り、負けん気が彼の心に目覚めた。

母さんは僕の肖像を持っている。それだけで十分で、僕とは会いたくない。それならそれでいい。僕はこの屋敷を去って、二度と顔を合わさないようにしよう。そうすれば母さんの心配はなくなる。鬘作りが一夜にして公爵になれると考えるとは、僕はどれほど馬鹿だったろう。それに貴族になるのはそんなに幸福だろうか。僕がこの屋敷で貴族のふりをして得られたのは、恐怖と危険と数かぎりない窮地だけだった。何もかももうたくさんだ。ここを去ろう。母さんとは会わないようにしよう。母さんにとって僕は何の価値もないのだ。これ以上ここですることはあるのか。何もない。ド・ラ・ロシュ＝ピシュメルは決闘の相手を別に見つけるがいい。

この屋敷を去ろうと心を決めたとたんに、あの小間使いのことを思い出した。ここを恨む気持ちは親しみのこもった感謝に移り変わった。

いっしょにここを出よう、栗色のおさげ髪のジャヌトンと。無駄にここに来たわけでもなかった。僕を愛してくれる人を見つけたのだから。神さまが僕たちを引き合わせてくださった。貴族なんかじゃないほうがいい。そのほうが二人とも幸せになれる。同じ階級であることが必要だ。僕がド・ジョスランじゃなくて、ただの鬘作りなのを知ったら、あの娘は目を丸くするだろう。でも己の手仕事を理解し習得した者は、実直に稼いで世を渡っていける。あの娘はもう羊毛を紡がなくてもいい。僕は自分の力で二人の暮らしを支えられる。

そしてブーローニュでの暮らしはどんなだろうと心に描いてみた。サボーさんのところにはもう戻りたくなかった。

――老いた父親は指物師の仕事場を持っているのに客はもういないという。ならばその仕事場を床屋にすればいい。僕が何でも心得ていて、髭をギリシア風にもスペイン風にもイタリア風にも刈れることを知ったなら、お客さんも増えるだろう。それに客をもてなすことを知っているきれいな若い娘が店にいたなら、お客さんを引きつけられる。ジャヌトンは会計台の後ろに座る。そのうちちゃんとした色になるように髪を混ぜる方法を教えてやろう。あの子の父親は器用な指を持っているだろうから、そのときは手伝ってもらえるだろう。髪乾かし器を買わなくては、それから櫛と鋏と、湯をわかす銅の薬缶、万力、柘植のヘアカーラー、髪編みの器械、アイロン、明礬、剃刀――全部買わなくては。

彼は手にした羽根飾り帽を見て考え込んだ。

この青い宝石のついたリボンは、きっと百リーヴル以上の値で売れる。短剣と長剣とレースと絹のリボン——これはもういらないから、全部金にかえよう。それで十分足りるだろう。それからマント、あれが一番いいものだ。どこへやったっけ。あの部屋の椅子にかけたままだった。なくなってなければいいが。行って見てこなくては。

テュルリュパンは急ぎ足で広間に戻った。

フランスの将来の運命を協議する王国の歴々の間に、床屋が一人紛れ込んで、質入れするためのマントを探しはじめた。

スペインとの同盟案は少数派の熱心な反対によって潰えた。ド・カイユ・エ・ド・ド・ルゴンは同志たちから祝福の言葉を受けた。モンベリアル伯爵とノワールムティエ公爵は穏やかに隣り合って座っていた。午後にヴァンセンヌの樅林で決闘するよう取り決めたからだ。

会議はなおも続いた。枢機卿の専制を打ち砕くには他の手段が検討されねばならない。ド・ウノルダイユが彼の同志たちを代表して立ち上がった。

「枢機卿は新たな陰謀を企んでいる。パリ中がその噂で持ち切りだ。誰もがそのことを知っているが、誰もその本当の狙いを知らない。枢機卿はわれわれの一人に会うと笑みを浮かべる。牢をまた満杯にする許しを王から得ているのか。司直と高等法院を抱き込んでわれわれに死刑を宣告させようというのか。ともかく奴はすでに勝ったかのようにわれわれの周辺をうろつき回っている。奴の機先を制せねばならない。われわれの考えは一つだ。今こそ思い切ったことをなすべき時だ。奴を始末せねばならない。何らかの手段で」

「ちょっと失礼」テュルリュパンは小声でオーブテール子爵に言った。彼がマントを広げていた椅子に、今はこの子爵が座っていたからだ。

頭に血が上ったド・ウノルダイユはさらに一同に向けて、流れるような弁舌で己の計画を述べ立てた。

「わたしと同志が〈三羽の雲雀(ひばり)亭〉という旅籠屋に集まる。そこからはパレ・カルディナルが見渡せる。だが向こうからこちらは見えない。朝の九時。各自が位置につく。われわれのうち二人が、予想外の邪魔が入らぬよう街角に見張りに立つ。枢機卿が馬車で外出する。合図がなされたらその馬車を取り囲む。『停まれ！』二人が手綱を摑んで馬を止める。別の二人が馬車の扉をこじあける。わたし自身が一撃お見舞いし、ランサックとサンテニャンが背後を守る——」

騒(ざわ)めきと哄笑に彼の言葉はかき消された。ヌヴェール公爵が起立し、静粛を乞い、白髪がやや交ざる顎鬚を撫でてから問いを発した。

「威勢のいいお方、それでスコットランド衛兵はどうする。衛兵どもが立ったまま傍観しているとでも？　そもそも元帥もいっしょに馬車に乗っているのですぞ」

「だめだ！　パリの街中(まちなか)では無理だ！」ド・ラ・マグドレーヌが叫んだ。「田舎で襲撃だ」

　これらすべてを耳にしたテュルリュパンは恐怖で体がこわばった。

「この人らは人殺しを企んでいる」彼はつぶやいた。「分別も何もないのか。こんなことを口に出して許されるのか。それも僕が聞いている前で！　愚かで頭のおかしい人たちばかりだ。あんなこと言ってたら今にみんな絞首台送りになる。もちろん僕もだ。僕のためにミサをあげてくれる人はどこにもいない。ああ、こんなところにはいられない。逃げよう」

　ブルゴーニュ貴族のド・ベルトーヴィルが発言した。

「枢機卿は毎週スコットランド衛兵のパレードに列席するそうだ。将校の一人を味方につけて、隙を見て一発放ったら――」

「僕は何も聞かなかった。神よ護りたまえ。僕は何も聞かなかった」震えながらテュルリュパンはつぶやいた。

マントが見つかった。急いで扉を開けて外に出た。まるで廷吏に追いかけられているように走りだした。大廊下から左の翼館に通じる狭い通路まで来ると、ようやく落ち着きが戻ってきた。

あの小間使いがいるのはここだ。すぐにあの娘と逃げなければ。あんな話をしてるところには、もう一時もいられない。ガレー船を漕ぐのはまっぴらだ。三番目の扉を二度叩けば、彼女は僕だとわかる。僕が誰だか知ったら、そしていっしょにブーローニュに行って暮らそうと言ったら、きっと目を丸くするだろう。ただ一つだけ気がかりがある。彼女は僕に毎朝ビスケットとパイをご馳走せねばならないと思うだろう。違う。僕は美食を何より尊ぶあの人たちとは違う。昼は蕪に混ざって羊肉が一切れあれば満足だ。あとは一日一ショッペンのワインがあれば、僕たち二人には十分だ。

物音にテュルリュパンは目を上げた。狭い廊下の薄暗がりから、ラヴァン公爵夫人がゆっくりとこちらに向かってくる。

彼は母を見た。母だとわかった。とつぜん彼は思いついた、母さんは今一人だ。他に誰もいない――お別れのあいさつができる。僕は行く。この屋敷を去る。僕の揺りかごがあったところを――だが一度だけ、一度だけでいいから、母さんに話しかけてみたい。

テュルリュパンは急いで走り寄った。ラヴァン公爵夫人は立ちどまってこちらをうかがった。

「僕です」彼はつかえながら言った。口からうまく言葉が出てこなかった。「僕です、奥さま、あなたの息子を祝福してください」

公爵夫人は片腕をあげた。彼女の手が彼の右頬を、左頬を、そして額を撫でた。扉の一つが開いた。足音が近づいてきた。テュルリュパンは身をもぎはなし、向きを変えて逃げ出した。

彼の心には惑乱と興奮と動揺があった。母さんが僕を祝福してくれた。母さんが僕の頬を撫でてくれた。哀れなジャヌトンは頭から去り、彼女と作るはずだったささやかな幸福も頭から去った。運命は自分をこの屋敷に呼び寄せた。ここここそ僕のいるべき場所で、僕はここにとどまらねばならない。

母さんは僕を祝福してくれた。今日が人生の終わりの日になってもいい。もう死ぬのは怖くない。彼は背筋を伸ばした。心が一変した彼はいま歩いた通路を引き返した。剣が彼の脇で鳴った。

先ほど広間の扉を開けて退出したのは臆病で内気なみすぼらしい鬘作りだった。ラヴァン公の長子はフランスの貴族たちの中に自分にふさわしい場所を占めようとふたたび広間に戻った。

22

一同の目はル・ダンジュルーに向けられていた。この戦争術の偉大な師は、枢機卿の血なまぐさい支配を終わらせ、貴族の力と栄光を蘇らせるための、来るべき作戦行動を大胆な筆致で描いてみせた。

「まずロレーヌとフランドルの部隊をわれわれの金で雇う。その目的のためにすでに十六万リーヴルの金が用意されている。一部は銀貨で、一部は倍ピストール貨でだ。これだけあれば四千人の兵士が集まる。この部隊の維持には三十万リーヴルかかる。戦争は金がかかるものだ。わたしのダンスを見たいなら、ヴァイオリン弾きに金を払わないと」

ル・ダンジュルーは剣の柄を叩いて笑った。ダントラク子爵はテュレンヌの子爵の名にかけて、それだけの金額の保証を引き受ける用意があると明言した。

「そして国境を越える」ル・ダンジュルーは続けた。「その時からわれわれは王軍となる。そのまま強行軍で首都に向かう。そのあいだにイル・ド・フランスの貴族がコルベイユに集結し、ヴィルヌーヴ・サン・ジョルジュの橋を占領する。この地をわが作戦の中心地にするつもりだからだ」

「われわれは心を決めた。貴君に完全に従おう」イル・ド・フランスの使節が言った。

「ここで敵の軍隊を待つ。峡谷や丘や水流のある地形はことごとくわれらに有利だから、敵の先陣が態勢を整える前に一気に制圧できる。橋を奪取すれば敵を背後から襲えるし、挟み撃ちにもできる。枢機卿軍の司令官ラ・メイユレ元帥は経験豊かな軍人だから、自軍が置かれた状況を知ると、すぐ戦闘を中断して退却するだろう。そこをわが軍が追撃する。パリは元帥のために市門を開く。そこでパリへの食料品の流入を陸路からも水路からも絶つ」

「だがそのうち」ヌヴェール公が割って入った。「オルレアンからギシュ元帥が救援にかけつける」

「そのとおりだ」ル・ダンジュルーは言った。「そしてトロワからはオキンクールの部隊も来る。救援部隊がパリの市門に着く前にパリとパリ市民を枢機卿から奪取できなければ、この戦は負けだ。われわれは長距離砲のたぐいは持っていないし、パリの防備は堅い。しかし市壁の内には二十五万の市民がいる。まる二日パンが手に入らなければ彼らは枢機卿に市門を開くよう強要するだろう。一人の人間が生きていくためには、毎日一リーヴル半のパンが必要だ。ということは——」

「何と」ランサック騎士爵が叫んだ。「わたしは従者に毎日四リーヴルのパンを与えている。おまけにそれ以外にスープ用のパンも」

「救貧院の盲者たちは年に五スティエの小麦をもらっているのに、始終腹が減ったとわめいている」オーブテール子爵が言った。

「二リーヴルのパン、同じだけの肉、それから一パントのワイン。これが行軍中の兵士の糧食だ」大尉のド・カイユ・エ・ド・ルゴンが言った。

「わたしは一人頭一リーヴル半と見積もっている」ル・ダンジュルーは続けた。「一スティエの小麦から二百ポンドのパンができるとすると、パリ全土では一日あたり二千スティエになる。パリが小麦を蓄える河畔の穀物倉庫は十一万二千スティエを蔵している。その他に市中のパン焼き場や貯蔵庫や水車小屋にある穀物と穀粉があるが、これらは二日分にも満たない。だからわが軍の部隊が市門の前まで来たら、すぐに二つの大水車小屋と穀物倉庫に火を放って壊滅させねばならない。この計画に命をかけるものはいないか。作戦の成功は、これがうまくいくかどうかにかかっている」

「わたしがやりましょう」テュルリュパンが叫んだ。

沈黙が広間に広がった。貴族たちはこの危険な任務に志願した男の顔をつけつけと眺めた。

ラヴァン公爵が彼に近づき、尊敬をあらわにした声音で言った。

「ド・ジョスランさん、あなたがわたしたちの一件にどれほどの熱意で賛同してくださっているかよくわかりました。あなたがまたもや勇気を示してくださって感謝します。だがあなたはこの土地の人ではない。あなたは港湾地帯を隅々までは知りますまい。この計画を成功させるために重要なのは――」

テュルリュパンは彼に最後まで言わせなかった。決意の大きさに煽(あお)られて、これほどの行為の栄誉を失わないためには、自分の秘密を漏らしてもいい気持ちになっていた。

「わたしはパリとその街路を、港とその隅々を、あなたがたの誰よりもよく知っています。わたしはあなたがたを欺いていました。あなたがたにわたしの本当の名と出自を申し上げる機会が今までありませんでした。わたしは、わたしが今まで名乗ってきた人間ではありません――」

「まさにそのとおり」扉口からド・ラ・ロシュ゠ピシュメルが声をかけた。

彼は扉の支柱に寄りかかり、抜き身の剣を右手に持ち、左手の布で額を押さえていた。やがてよろめき、一瞬床に倒れるかに見えた。扉近くに立っていたド・ベルトーヴィルが助けようとかけつけた。

「出血されてるじゃありませんか」ラヴァン公爵が叫んだ。「ド・ラ・ロシュ-ピシュメルさん、どこへ行っていたのです。どんな知らせを持ち帰ったのです」

「貴君にとっても誰にとっても悪い知らせだ」そう言って彼は布を取り落とすと、こめかみから額にかけて傷が見えた。「貴君らに警告しようと馬を急がせた。だが遅すぎた。別れのあいさつを告げよう。一時間のうちにわれわれは全員死ぬ」

声が交わされた。剣が鳴り、椅子がひっくりかえり、ル・コク-コルベイユは厩舎長に呼びかけ、馬を用意しろと叫んだ。

「騒ぐな!」ピエール・ド・ロンシュロルが命じた。「落ち着け! ド・ラ・ロシュ-ピシュメル、いったい何が起きたというのだ」

ド・ラ・ロシュ-ピシュメルは身を起こし背筋を伸ばした。そして剣をかかげ、パリの方向を指した。

「聞こえないか。奴らが来る。枢機卿に同盟する者たちが現われた。パリ市民がわれわれの首を刈ろうと進軍してくる」

一同はしんとなった。ラヴァン公爵が窓辺に寄って勢いよく窓を開けた。冷たい突風が広間に吹きわたった。遠くから濁った喧しい音が聞こえてくる——革命の嵐と騒めきだ。

23

二十七人の貴族は剣を手にラヴァン屋敷の正面玄関の石段に立ち、熱りたった群衆と向かい合った。ついに最後の時が来た。どこからも助けは来ない。今思うのは貴族の名誉の死守だけだ。命のかぎりに群衆の暴力に抗する以外、何も望みはない。

屋敷のまわりは荒らされ放題になっていた。下の河辺までぎっしりと、一人の男の指導のもとに、暴徒の群れが押し寄せていた。槍、鉾、船の櫂、長柄の鎌、十文字槍からなる森が空の下に広がっていた。四方八方から次々に人が押し寄せ、群衆はいやがうえにも増し、憎悪はいやがうえにも膨らんだ。

右手の修道院の塀近くに、枢機卿のスコットランド衛兵の小規模な分遣隊がいた。指揮官は馬から降りていた。群衆が聖アウグスティヌス会の修道士に危害を加えないかぎり、やりたいようにやらせておけと彼は指示を受けていた。臙脂のマントをはおり、腕を胸で組み、頭を馬の首にもたせかけたその様は、まるでリシュリュー公みずからが己に背く者を処罰する法廷に臨んでいるかのようだった。

石段の上では貴族たちが襲撃の始まりを待っていた。

「大勢いるもんだな」モンベリアル伯爵がピエール・ド・ロンシュロルに言った。

「でも一人として剣やピストルで決闘できる奴はいない」

ノルマンディー貴族の老指導者は、さも軽蔑したというふうに群衆を見やった。

「なんという時代だ」彼は言った。「鼠がわざわざ罠の近くに来ようとは。鼠どもに貴族の死に方を見せてやる。生涯忘れられないように」

「どうしてためらっているんでしょう。なぜ襲いかかってこないのだろう」ラヴァン公爵が呼びかけた。

「友よ」マルシヤック大公が教えさとした。「戦いの始め方というのは、誰かに教わらぬかぎりわからぬものだ」

フロントナック騎士爵は白いマルタ騎士団十字架を胸からはずして接吻した。

「これが神の意志か」厳かに彼は言った。「神の腕に身を投げ、聖なる名を呼ぼう。天国に行けるかどうかは、神の御心しだいだ」

テュルリュパンは石段の欄干にもたれて、短剣を手に立っていた。その心には誇りと喜びがあった。恥と貧しさと浅ましさにまみれた己にふさわしくない生を送ったのち、貴族たちの間で貴族として死ねるのだから。彼は父の屋敷に目をやった。自分が生まれた家が今は暴徒の群れにおびやかされている。彼はこの家を守ろうと心に誓った。

そのとき肩に手が置かれたのを感じた。ド・ラ・ロシュ－ピシュメルが傍らに立っていた。

「今日の朝」その目は創傷熱で燃えていた。「河辺で男の死骸が見つかった。ジョスラン家の紋章を刻んだ指輪を嵌めていた。貴君は死者の名を騙ってこの屋敷に入り込んだ。どうやらわれわれの味方のようだが、貴君はいったいどこの誰だ。名を名乗ってもらおうか」

テュルリュパンは胸ふさぐ気持ちで立っていた。出生の秘密は絶対に明かしてはならない。母さんのために自分だけの胸に秘めておかねばならない。しかもこのド・ラ・ロシュ－ピシュメルは、自分を貴族とみなしていない。

「あなたの言うとおり」ようやく彼は言った。「わたしは、あなたがたがそう思い込んでいた人物ではありません。だが本当の名と出自を口にするわけにはいかないのです。ましてやこんな時ですから。でも一つだけ教えてあげましょう。わたしはフランス貴族の血を享けた人間です――」

そこで彼は口をつぐんだ。驚きと恐怖で顔色が変わった。目の前の群衆のうちに一人、僕をサボーさんの床屋にいたテュルリュパンと見破れる者がいる。二十歩と離れていないところに立つのはあのガスパールだ。

間違いない。ガスパールだ。そして彼も自分を認めた。今にも口を開いて呼びかけるだろう。テュルリュパン！ テュルリュパンじゃないか。十二使徒小路の鬘作りだ！ どうして床屋が貴族といっしょにいるんだ。

そんなことを言わせてはならない。過去からの証人の口を塞がねば。ガスパールが秘密を漏らすことを恐れる自暴自棄の気持ちから、テュルリュパンはこの日、大いなる、そして唯一の英雄的行為をなした。

彼は欄干を飛び越え、短剣を手に人の壁に身を投げ、指導者を護る舟乗りたちの二重の列に押し入った。何も彼を止められなかった――棍棒が音をたて、刃が刺し、血が顳顬から肩から胸から滲み、鋭く激しい痛みに身を裂かれながらも、テュルリュパンは突撃開始の合図をしかかったばかりのサン＝シェロン子爵の前に立った。

二人は向かいあった。目と目が合い、互いを認めた。それでも二人は互いを認めていなかった。サン-シェロン子爵は毎週髭を刈らせていた鬘作りのテュルリュパンは見たけれど、目の前に立つものが、千の傷から血を流し、リシュリューのおかげで死に瀕しつつも、最後の恐ろしい一撃を新時代に与えようと身構えるフランスの剣貴族(ノブレス・デペ)（中世にさかのぼる血筋を持つ貴族）であるとは思いもしなかった。テュルリュパンで、サボー未亡人の理髪部屋に週ごとに顔を見せ丁寧なあいさつをする十二使徒小路の織物商人の徒弟ガスパールは見たが、自分が今短剣を胸に刺した男とともに革命が潰え、百五十年後にふたたび身を擡(もた)げるまで伏したままでいることは知る由もなかった。

サン-シェロン子爵が息をひきとると暴動は始まりもしないうちから終わった。最初のうち群衆は死者のまわりで叫び喚(わめ)き、押し合い圧(へ)し合いしていたが、やがて恐慌に襲われた。指揮する者が斃(たお)れた今、暴徒の部隊は荷運び人や門番や御者や失職した召使の集まりにすぎなくなった。何百年ものあいだ自分たちの上に立っていた者に、武器を手に刃向かっているのに気づくと、その無謀さがとんでもなく思えてきた。不意に誰もが命が惜しくなり、誰もが身の安全を願うようになった。

二階の窓から発砲がなされた。ド・カイユ・エ・ド・ルゴンが銃を手にした厩番や御者とともにそこに立ち、尻込みする暴徒を散り散りに逃げまどう群れに変えた。十五分もたつと広々とした空き地には誰もいなくなった。帽子やマントや投げ捨てられた武器だけが草むらに残っていた。

かくてサン゠シェロンの羽根突き大会は終わった。閉会の辞を述べたのはル・ダンジュルーだった。

彼は修道院の塀際に今も立っているスコットランド衛兵隊を指して、ド・ロンシュロルに言った。

「宴会は取りやめになった。楽師どもは家に帰したほうがよくはないか」

そして分遣隊の指揮官に近づき、帽子を取って一礼してから言った。

「どうやら雨になりそうです。手下たちを家にお戻しなさい。風邪をひくといけません」

テュルリュパンは石段に横たえられた。血が白い大理石を朱に染め、その命は消えようとしていた。望みはひとつしかなかった。母さんに会いたい。

「奥さまを」彼はささやいた。

ラヴァン公爵が急いで公爵夫人を連れてきた。彼女が現われたとき、テュルリュパンはすでに息をひきとっていた。

「母上」若公爵は言った。「たいそう勇敢に戦ったあげく命を落としたこの貴族は、あなたと話がしたいと言っていました。母上、この方をご存じですか」

ラヴァン公爵夫人は十六の年に視力を失っていたが、テュルリュパンの上に屈みこみ、片手で額と両頰を撫でた。

そして首を振った。その盲いた目はどことも知れぬところを見ていた。

「存じません」彼女は言った。「全然知らない顔です。しかし神さまお許しを。この貴族の方はたいそう卑しい顔つきをしています」

24

聖マルタンの日から二日が過ぎた十一月十三日、泥棒と掏摸(すり)を生業(なりわい)とするジャコブ・モジュレが故郷の村に帰ってきた。

パリを後にしたのは早朝だった。胡桃(くるみ)をいくつか口に入れたきりで十一マイルの道を歩きとおしたので、空腹で疲れきっていた。

部屋に入るとモジュレ夫人が竈のところにいて、黍(きび)と粟(あわ)の粥(かゆ)を煮ていた。彼女は夫にうなづくと言った。

「あらもう帰ってきたの。日曜までは戻ってこないと思ってたわ。お腹がすいているでしょうけど、今いる人の分しかないのよ。パンならまだあるけど」

まずジャコブ・モジュレは仕事用具を櫃にしまった。鉤のついた長い紐、ナイフ二丁、蝦脚(えびあし)と呼ばれる塀破り用の金具、犬殺しの丸薬を入れた袋、教会の献金箱から金をくすねるのに使う鳥もちを塗った鳥の羽根、合鍵がいくつか、そして己の潔白と清貧の証（あかし）として持ち歩いている司祭の証明書。

それから泥棒袋の中身をテーブルに空け、二人の子のうち年上のほうに、来て見てごらんと言った。

「今度はあまりたくさんはない。今のパリで仕事に精を出すのは難しい。街中がざわざわしていて、誰も人を信用していない。それに——誰も金袋を袖の中に入れない。せっかく袖を切っても何にもならない」

夫人がスープを攪（ま）ぜるお玉を手にテーブルのところに来た。

「まず亜麻布」ジャコブ・モジュレが言った。「長さが四オーヌ（長さの単位。約一・二メートル）で幅が二オーヌ。子供の上着。袖にリボンがついてるからカトリーヌにやろう。油が一瓶。猫の毛でできた暖かい靴一足。錫（すず）の皿。鳩二羽。これは俺が杖でしとめた。五オーヌの二色の絹のリボン。それから仕立屋の物差しだが、どうしてこんなもんが袋に入ってるのか俺にもわからん。半リーヴルの石鹸。これを手に入れるのは難しかった。雑貨屋のおやじがずっと見張ってたからな。そうともお前、俺の稼業は世間の誰より知恵と機転を必要とする。それから銀のポット。現金もあるけど多くはない。全部あわせて四リーヴルもいかない」

小さいほうの子が部屋の隅から這（は）い出てきた。ジャコブ・モジュレはおどけるのが好きな性格（たち）だったので、泥棒袋を頭からかぶって、「ぶるるる！　ぶるるる！」と悪魔の真似をした。

「大きな銀の柄杓（ひしゃく）」彼は続けた。「まだ肉が少しついてる骨。これは日曜までとっておこう。銀の鎖。この銅の火鉢は十七リーヴルの重さがある。俺も年だ。誰かいっしょについてきて袋をかついでくれればいいんだが。だがジャックはまだろくに歩けない。銀のボタンが四つ。それからこれだ。これを見てくれ。この馬鹿野郎のおかげで俺はあやうく絞首台送りになるところだった。奴の首の鎖を見て、俺はてっきり金だと思った。ああ、こいつは手にいれたも同然だ。だがあいつは何かに気をとられて振り向いて、俺の手をがっしり握った。幸いにもそこは教会で、ミサをやってたもんだから、きっと騒ぎを起こしたくなかったんだろう、俺を放してくれた。どれほど急いでずらかったか、お前もわかるだろ。そうとも、あやうく絞首台行きだった。まったく心臓に悪いぜ。それで何が手に入ったと思う？　ただの銅板だ。銀は全然使っていない。一スーの値打ちもないもんだ」

そう言うと彼はテュルリュパンとサボーの肖像が描かれたメダイヨンを、いまいましそうに竈の灰に投げ入れた。

そのころサボー未亡人はコクロー氏の香料店にいた。小さなニコルもいっしょだった。かわいがっていた猫を床屋に置き去りにせねばならかったので、ニコルはしょんぼりしていた。コクローが動物を自分の店に入れるのを嫌がったのだ。

寡婦は三ロート（約五十グラム）用の袋に胡椒と生姜（しょうが）とサフランとナツメグを詰めた。コクローは日中に稼いだスーを数え、干したプラムを食べた。

寡婦は溜息をついて膝の上に手を落とした。香料商人は目をあげて額に皺を寄せた。

「まだあいつのことを考えてるんですか」やれやれという口調で彼は言った。「あれは何の役にも立たないろくでなしですよ。マントをひっつかんで、どこへ行くとも言わずに消えちまった」

「わたしほど不幸な女はいません」寡婦が言った。「でもコクローさん、そんな中であなたがいてくださって慰められます。せめてどういうわけで出ていったのかわかったらねえ」

「世の中には呑み屋もあるし、ふしだらな女もいます」コクローが言った。「それで全部説明できるじゃないですか」

寡婦は頭を振った。そして言った。

「あの人は呑み助じゃなかった。日に一ショッペンのワインでも多すぎるくらいで、それ以上飲んだことは一度もなかったんです。昨日まではレカロピエの奥さんと駆け落ちしたに違いないと思ってました。でも違ったんです。あの奥さんは病気でベッドに寝てました。首に潰瘍（かいよう）があったんです。あの人とは会ったこともないんですって」

彼女は考えにふけって生姜とサフランとナツメグをぼんやり見つめていた。

「あの人が出て行ったとき、とてもおかしなことを言ったんですよ」しばらくして寡婦はまた話をはじめた。「そのことが何度も何度も頭に浮かびます。あの人は、神さまが僕を呼んでるって言ってました。わたしには信じられません。あの人が本当のことを言ったなんて考えられます？」

コクローは立ちあがって暖炉に薪を投げ入れた。

「本当じゃなぜいけないんです。神さまは神さまなりのやり方で、愚か者で気晴らしをしたのかもしれませんよ」

付録　同時代の書評

紙幅に余裕があるのを幸い、あとがきの最初のほうで触れるポルガーの書評を、付録としてここに訳出しました。

書評者のアルフレート・ポルガー（一八七三―一九五五）はピアノ教師を父としてウィーンに生まれ、いかにも生粋のウィーン子らしい軽妙なエッセイやしゃれた小品で一世を風靡しました。邦訳には岩波文庫の『ウィーン世紀末文学選』（池内紀編訳）に収録された短篇「すみれの君」があります。またエーゴン・フリーデルと共作した抱腹絶倒の笑劇「ゲーテ」が、池内氏のフリーデル評伝『道化のような歴史家の肖像』（みすず書房　一九八八）で紹介されています。

書評が掲載された週刊誌『ヴェルトビューネ』（ドイツ語で「世界劇場」の意）については、竹本真希子氏の論文『ヴァイマル共和国末期の平和運動の諸問題』（専修史学（45）, 1–19, 2008–11）に要を得た記述がありますので以下に引用します（原文のアラビア数字は漢数字に改め、固有名詞の原綴は割愛しました）。

「ベルリンで出版された週刊誌『ヴェルトビューネ』は、ヴァイマル共和国時代の最も急進的な左翼知識人の論壇である。同誌は演劇評論家ヤーコプゾーンが一九〇五年に創刊した演劇評論誌『シャウビューネ（舞台）』をその前身とし、一九一八年から一九三三年まで出版された。『ヴェルトビューネ』誌上で扱われたテーマは、その副題〈政治・芸術・経済のための雑誌〉が示すとおり、政党や選挙、外交、戦争責任と賠償金問題、書評、演劇評論、映画評論など、多岐にわたる。各号は平均して四十頁ほど、部数は最高で一万五千部ほどであった」

　ここではポルガーも「すみれの君」の作者と同一人物とはとても思えない硬派なところを見せています。翻訳にはアテノイム社から一九七八年に復刻された版を使いました。

アルフレート・ポルガー『テュルリュパン』

レオ・ペルッツの新作は十七世紀のフランスが舞台で、主人公に貧しい床屋を据え、その運命の綾が当時の大事件と驚くような仕方で縒りあわされる。その結果テュルリュパンは歴史を作る（あるいは妨害する）ことになる。作者がテュルリュパンの人生行路と結びつけた歴史背景の、どこまでが史実に基づき、どこまでが作り事なのかわたしは知らない。だがそれはさして重要ではない。ともかくレオ・ペルッツはここでまたもや、現代のドイツで最も純粋で男性的な才能を授かった作家の一人としての地位を実証する傑作を書いた（彼の諸作はミュンヒェンのアルベルト・ランゲン社から出ている）。

*

ペルッツは三文文士ではない。そうした者にありがちの嘘臭さや嫌らしさ、わざとらしさやぺてんは彼の本には見られない。実質本位に堅固に組み立てられた建築のようなペルッツの長篇には、単なる飾りや装いにすぎないものは見られない。あらゆる部分が互いを支えあっている。描写の厳密、堅牢、簡潔が一体となってキャラクターとも呼びうるものを生み出している。描写のための描写は避けられていると感じられる。彩色のされている部分にしても、その色は素材と切り離せないもので、素材と共にそこに与えられている。この本のとりわけ大きな魅力である雰囲気は、ポンプで無理に注入されたものではなく、物と人との組み合わせから醸(かも)し出されたものであり、ことさらな技巧を用いるまでもなく、空気のように自然に漂って作品を包んでいる。この作家が生み出した生は、ある程度までそれ自体で諸前提を組織化するに十分な生なのである。

＊

ペルッツの諸作における技巧の本質を一言で言うなら、それらの作品には余計な言葉が――借用されたものにせよ新しく作られたものにせよ――一語として見当たらないということだ。もちろんこれは技術上の特質であるけれど、同時に精神的な特質でもある。これらの本の内容は、言うならば、純然たる内容だけからなっている。そして個々の部分を接合しているものも、またひとつの部分であり、けして接合剤(パテ)ではない。言葉のための言葉、言い回しのための言い回しは一語もない。決まり文句、美辞麗句、奇を衒った表現に、われわれのペルッツは——わたしはすでに、彼は三文文士ではないと言った——それがいかなるものであれ、体質的な拒否反応を示す。あたかも野蛮人が詰襟を受けつけないように。文筆家のひけらかす化粧のごまかし、香水や白粉や顔料による虚栄はペルッツとは無縁のものだ。

彼の夢想は工夫を凝らした連関の中に多彩な冒険的事件を取り入れ、テュルリュパンのような特別あつらえの精神構造を持った架空の人物をつくりあげる——だが彼の夢想は、彼の文体と同様に、嘘をつけない。奇怪な幻想を結晶化させるためには、真実の核が彼には必要なのだ。この真実を愛する想像力によって、この真の夢想家がなぜ歴史に喜びを見出すかが説明できるし、彼の物語欲がなぜホームシックのように過去の世紀にあこがれるのかも説明できる。今の目で見ると過去の現実は幻想に、大気は嵐に、日常の色は極彩色になっている。すなわちありふれた日々そのものがすでにして小説なのである。

*

過去への冒険旅行によって、ペルッツは他の方法では一時に満たすのが難しい彼の作家魂の欲求を満足させた。すなわちロマンティックなものへの希求と実在する事物への希求である。

ペルッツのそんな語りに耳を澄ませてみれば、今はもうない時間の息遣いが聞きとれる。そのリズムはこの本に音楽のような魅力を与えている。作中人物の言葉が古色に染められているばかりでなく――それは安易なことだ――彼らの心と頭も、無意識的かつ精神的な緊張を歴史の一こまに与える大いなる流れに浸されている。作中人物たちも決まり文句は口にしない。その感覚や思考、行動や苦悩を定めているように見える組織（システム）は、当時の人間の神経組織なのである。

過去の色合いは、ほんの些細なことにまで、物語の空間を満たす実在あるいは架空の家財道具の隅々にまで染みわたっている。時代のエッセンスがそれを描写する者のペンのインクに注ぎ込まれている。

スポーツ的な厳しさで自己のものとした、過去の日々の外観と実質へのそうした沈潜によって、この作家の清教徒的で冗語のない、純潔といってもいい描写が、別の角度から説明できる。この作者は自分の書く史実に対し「近さの非情熱（パトス）（ニーチェの用語「距離のパトス」をもじった表現）」を持っているのだ。

＊

テュルリユパンは変人で、愚か者で、鬼火に導かれてみずからの狭い行動半径の外に誘い出される。しかしその鬼火には、わずかながらも星の要素が同時にまたたいている。ペルッツは言う。ここで神は貧しい者から自分のために道化を作ったのだと（小説の最後の一文のパラフレーズ）。作者自身はテュルリュパンに少しも同情していない。作者は「この人を見よ」と暗に主張しているが、それはあまりにさりげなく素っ気なく響く。まるで博物館の展示ケースの説明書きのように。しかしこのドライなペルッツの手法には、昨今の「深遠」で「泣かせる」作物――「人類皆兄弟」を歌いあげる詩をすべて合わせたよりも大きな人間愛が潜んでいる。

＊

テュルリュパンの物語には肝（きも）がある。その意味と原因が読者には伏せられているできごとに、いきなり論理的な解明が与えられるのだ。どのようにペルッツはそれを行うのだろう。ごくさりげない関係文（関係代名詞に導かれる文）を使うのだが、それは停滞することなく、ストレッタ（主題と追奏を重ね合わせて緊迫感を出すフーガの技法）で並走し、それに合わせて物語のテンポも結末に向かい歩を速める。他の作家なら、もしそんな肝があるのなら、ベンガル燈（劇場などで使われるまばゆい燈火）で照らして、少なくとも幕や章のラストシーンのような栄誉ある位置にもっていくだろう。ところがペルッツはそれを目立たない場所に置く。いわば文章の雑踏のただ中に置く。

ペルッツの作品におけるそのような肝は、人を満足させ驚かせる効果を持つ。まさに運命が作られつつある場の響きがそこに聞きとれるからだ。それは事件の連関を明らかにするばかりでなく、その事件をわずかに、しかし無限に遠くに導き、卑俗な事実の外にある彼方の何物かに結びつける。ペルッツの本はある事件のクロニクルであるが、その事件はあらゆる技巧と練達の物語の才で仕組まれた論理的な首尾一貫性を有するばかりでなく、論理を超えた因果律（コーザリティー）をも有し、その鎖（くさり）の端は神の指の間に垂れている。これがペルッツの本が人を感銘させる秘密である。彼の本はいかなる信仰や宗教性からも遠いものだが、この神の指はペルッツのすべての本に感じられる。

＊

わたしはレオ・ペルッツの本を過大評価してはいない。それは輝かしい核を持ち、その中で想像力と簡潔な表現が結びついて現われる手に汗にぎる物語である。彼の本は読者に存在の新しい姿を伝えたりはしない。時代に風穴も開けないし、死や金欠病や不幸な（あるいは幸福な）愛を克服する助けにもならない。彼の本はあなたに永遠を約束したりはしないが、あなたがそれを読む時間を誠実に満たす。豊かな酸素によってあなたに活力を与え、気候のよいところに転地療養をしたように流行本の邪気を払う。そうした流行本は不定形で不安定なぶよぶよしたもので——塀の茸（きのこ）のように生えたと思ったらたちまち消え——造形力を欠くため混沌としていて、おのれの浅はかさを隠すために嵩を膨らませる。われわれの時代の少なからぬ魅力は、そのぴりりとした空気の中で、靄作りたちがこれほど哀れにくたばるのを見ることだ。またこの時代のそれほど悪くない慰みは、永遠と共にいると自称する厳めしい法螺吹き、すなわち「詩人」（臆病な子供にはそれが妖精の王に見える）を、味気ないまやかしだと容赦なくこきおろすことだ。諸君、それは空にたなびく靄のごときものだ！

訳者あとがき

垂野創一郎

1

本書『テュルリュパン』は一九二四年に刊行されました。刊行順でいえば『第三の魔弾』(一九一五)、『九時から九時まで』(一八)、『ボリバル侯爵』(二〇)、『最後の審判の巨匠』(二三) に続く五冊目の長篇にあたります。

この作品について、ペルッツ研究家のハンス=ハラルト・ミュラーは彼のペルッツ伝(二〇〇七) でこう書いています。「『テュルリュパン』によって、文芸評論家たちのペルッツ評価は転回点を迎えた。それまではペルッツは——ヘルマン・ブロッホやジークフリート・クラカウアーを例外として——良質の娯楽作家に分類されていた。だが今や彼をシリアスな作家と見るべきだとの声が高まった。世評をこう変えるのに大きな役を果たしたのは、一九二四年に『ヴェルトビューネ』誌に掲載されたアルフレート・ポルガーの優れた書評と思われる」

『最後の審判の巨匠』を「列車の中で読むのに最適」などとヴァルター・ベンヤミンに評されて気分を害していたペルッツも、このポルガーの書評を読んでさぞ溜飲を下げたことでしょう。ウィーンのパウル・ショルナイ社から出た『テュルリュパン』のミュラー校訂版（一九九五）ではこのポルガーの書評が巻末に付載されています。それにならって本書でもその書評を付録として訳出しました。興味ある方は参照いただければと思います。

ところでこの作品は、後の『夜毎に石の橋の下で』（五三）よりもやや下った時代を扱っています。『夜毎に石の橋の下で』の中の一エピソード「皇帝の忠臣たち」は、一六二一年のプラハにおけるある場面を描いていて、そこには「戦争はもう三年も続いているのに、そろそろ終わると思っているものは誰もいない」という一節があります。この「戦争」はいわゆる三十年戦争を指しています。

かたや『テュルリュパン』は一六四二年のフランスのある事件を扱っています。その最初の章に「長期化して金ばかりかかる戦争に誰もが疲れきり」という一節があります。これもまた三十年戦争のことです。文字通り三十年間にわたる長い戦い（一六一八—四八）がこの二長篇を結びつけているわけです。

周知のようにこの戦争は新教と旧教が争う全欧的な一種の宗教戦争でした。そこにフランスも一六三五年に介入しました。これは『テュルリュパン』の隠れた主要人物ともいえる枢機卿(すうきけい)リシュリューの指し金でした。

しかもあろうことか、フランスは旧教国であるにもかかわらず、新教側のスウェーデンに組して戦い、いわば漁夫の利を得ようとしたのです。本書でも貴族や庶民にさんざん悪口を言われているリシュリューの、目的のためには手段を選ばないえげつない性格がここにも現われているではありませんか。

2

都筑道夫はグレアム・グリーンのある長篇を、若い人にこんなふうにすすめていたそうです。「あれは、実は推理小説なんだよ。ミステリの歴史のなかで、もっとも意外な犯人だ。しかも、犯人をしゃべってしまっても、おもしろさは変らないんだから、気が楽だね。犯人は神さまなんだ」。これがグリーンのどの作品なのかは、種明かしになるのでここでは伏せます。どうしても気になる方は、フリースタイル社から出た『推理作家の出来るまで』下巻の、「酒屋の息子」という章をごらんください。都筑はよほどこの小説に感銘を受けたらしく、『都筑道夫の読ホリデイ』でも同じ話題を二度ほど出していました。

この『テュルリュパン』にもやはりそんなところがあって、おしまいまで読んだ読者は、最後の一行で、「すると神さまのしわざだったのか」と胸を打たれることでしょう。都筑道夫は別のところで、『最後の審判の巨匠』はクリスティのある作品の先駆だと指摘しています。もしかしたらこの『テュルリュパン』も、考えようによっては、グレアム・グリーンの先駆と言えないこともないのかもしれません。

しかも面白いのは、この小説の終わりで「犯人」をあばく探偵役が、予想外の人物であるところです。その探偵役は小説の初めのほうから顔を見せています。失礼をかえりみず言うなら、あまり聡明な人とは思えません。その人が最後の一行で不意打ちのように意外なせりふを吐くのですから、いわゆる「とどめの一撃（フィニシング・ストローク）」としての効果は抜群です。

この最後のせりふは日本語にするのが少しむずかしく、本文ではごらんのとおりの訳文にしましたが、しいて一語一語に忠実に訳すとこうなります。

「もしかしたら神さまは、大いなる主としてのやり方にのっとって、ご自身のために、一人の愚か者から、良い一日をお作りになったのかもしれませんよ」

ここで直訳した「自分自身に良い一日を作る（sich einen guten Tag machen）」はドイツ語の慣用句で、「仕事などをいっとき忘れて楽しく過ごす」という意味です。そこで訳文では「気晴らし」という表現にしました。

しかしこれをあえて文字通りにとって、あたかも天地創造のなかの一日のように、神さまが「良い一日」を作ったと解したらどうでしょう。

ヨーロッパの国々は、貴族（地方領主）たちが各々の所領で特権を持つ中世国家から、王が権力を一手に握る絶対王政を経て、その後近代国家に移行するという歴史の道筋をたどりました。国によって時期は前後しますが、イギリスもフランスもドイツも皆そうです。そのうちの第二段階である絶対王政の体現者は、イギリスではエリザベス一世（在位一五五八―一六〇三）、フランスでは太陽王ことルイ十四世（同一六四三―一七一五）、ドイツ（正確にはプロイセン）ではフリードリヒ大王（同一七四〇―八六）とされています。

もちろんその後も、たとえばフランスにおけるナポレオンの出現のように、紆余曲折はあるのですが、いずれにせよ貴族階級は歴史のどこかの段階で消滅あるいは形骸化せねばならぬもののようでした。

この小説のなかのリシュリューは、みずからがいわば絶対宰相政を達成したので、絶対王政はもはやいらないと思ったかもしれません。あるいはルイ十三世があまりにも無能なので、王の時代はすでに終わったと考えたのかもしれません。ともかく第一段階からじかに、つまり太陽王の出現を待たずして、むりやり第三段階に移行しようと図ったのです。

しかし第一章に書かれてあるように、運命すなわち神はそれを望みませんでした。そこで問題の十一月十一日を「良い一日」にするため、リシュリューのたくらみを挫き、他国並みの歴史の軌道に戻したと、この小説の最後のせりふをそう考えることもできましょう。ちなみに現実のリシュリューは問題の日から一か月もたたない十二月四日に病没しています。これも歴史の采配といえるのかどうか……

もちろん作中人物がそこまでを洞察して「良い一日」というせりふを吐いたというのでは、いくらなんでも不自然ですから、これはダブルミーニングのうちの裏の方の意味ととるべきでしょう。作中人物はそうとは夢にも思っていないけれど、その後の歴史の成りゆきを知る読者には言外の意味も感じとれるというような。

ところで本書はジョン・ブラウンジョンという人によって一九九六年に英訳されています。ブラウンジョン氏もこの部分には苦しんだと見え、ほとんど原文のあとをとどめない自由訳で処理しています。こころみにその英訳をさらに和訳するとこんなふうになります。

「あいつは愚か者で、愚か者というのは偉い人の玩具なんです。たぶんそんな玩具みたいにして、全能の神は奴をただ弄んでいたのでしょう」

つまりこの英訳では、作中で最後のせりふを吐いた人は、テュルリュパンに神の道化(フール)を見ているのです。これはこれで面白い見方ではありますが、わたしはこの見方には組しません。この件はこのあとがきの最後でふたたび触れようと思います。

3

ある程度大きな仏和辞書を引くと、「テュルリュパン」は人名つまり固有名詞ではなく、普通名詞として載っています。たとえば『ロワイヤル仏和中辞典 第2版』にはこうあります。

turlupin 《古》①大道道化役者、三文戯作者 ②ごろつき、ごくつぶし、怠け者

ロワイヤル仏和はさらに、ここから派生したと思われる turlupinade（だじゃれの意）や turlupiner（他動詞、うるさがらせるの意）も載せています。

　辞書の語源説明のところを見ると、この語は、「テュルリュパン」という芸名を持つ実在の俳優と関係があると推定されているようです。この人は本名をアンリ・ルグランといい、本書第四章にも出てくるオテル・ド・ブルゴーニュ劇場で、笑劇役者として人気を博していました。生年ははっきりしませんが、没年は一六三七年ですから、作中のテュルリュパンのまさに同時代人でした。

　人名がその人の外見や性格を抽出するかたちで普通名詞と化すケースは、日本語でもたとえば「土左衛門」とか「出歯亀」があります（もっといい例もあるとは思いますが今は思い浮かびません）。辞書の語義からアンリ・ルグラン氏が当時演じていた役柄が

想像できそうな気がします。それとも「テュルリュパン」という普通名詞のほうが先にあって、ルグラン氏がそれをもじって芸名にしたのでしょうか。

同じように人名と役柄が結びつく例として、近世イタリアの即興仮面劇コメディア・デラルテがあげられましょう。コメディア・デラルテの舞台では、たとえばコロンビーナといえば恋の取り持ち役の小間使い、パンタローネといえば嫉妬深いけちな老商人というように、もはや固有名詞なのか普通名詞なのかわからないくらいに名と役が結びついています。

そういえば小説中のテュルリュパンも、庶民でありながら貴族を演じていて、ロワイヤル仏和の語義のうちのひとつ「大道道化役者」のおもむきがあります。とくに第十四章のクレオニス嬢の私室の場面や、第十六章のちぐはぐな会話の場面で貴族を演ずるテュルリュパンの道化役者ぶりは、読んでいるこちらが恥ずかしくなるほどです。皆さんはそう思いませんか。

さらに面白いのは、こちらのテュルリュパンも、アンリ・ルグラン氏やコメディア・デラルテの役者たちと同じく、即興を交えながらも台本にしたがって行動しているとも考えられることです。つまり、隠された神の台本に、それとは知らず操られていると。

あとこれは余談なのですが、テュルリュパンを名乗る人物がペルッツの作品に現われるのはこの小説が最初ではありません。『テュルリュパン』より先に構想されつつも中絶した長篇『自由な鳥』に、この名を持つ人物が、フランス革命を背景として出てきます。ただし残された草稿では一瞬しか顔を見せないので、どうストーリーに関わるのかはまったくわかりません。この邦訳は『ウィーン五月の夜』（小泉淳二・田代尚弘訳、法政大学出版局）に収められています。

4

テュルリュパンの親が誰なのかは、最後まで判明しません。ラヴァン公爵夫人でないことは確かでしょう。何もかもテュルリュパンの一人合点であったわけですから。

それでは何者だったのでしょう。十二使徒小路の人びとにとっては、捨て子としてどこからともなく現われ、そしてどこへともなく消えていった、まるで風の又三郎みたいな存在でした。ラヴァン屋敷の貴族たちにとっても、事情はあまり変わりません。ド・ジョスランの名をかたる謎の奇人が現われて、英雄的な行為をなしたあげく、正体を明かさずに息をひきとったのですから。

彼はただの愚かな夢想家だったのでしょうか。それはそうに違いはありませんが、いっぽう終わりから二番目の章に書かれてある不思議な一節も無視できません。「目の前に立つものが、千の傷から血を流し、リシュリューのおかげで死に瀕しつつも、最後の恐ろしい一撃を新時代に与えようと身構えるフランスの剣貴族（ノブレス・デペ）であるとは思いもしなかった」

つまりここでテュルリュパンは、リシュリューに敵対する貴族階級を擬人化したものとして描かれています。それまで痛々しく貴族を演じていた道化役者が、ここで一躍貴族の代表とみなされるのです。これは非常に面白いですが、同時にわけがわからなくもあります。

ひとつの考え方として、こういうふうに考えられないでしょうか。テュルリュパンは最初から誰の子でもなかった。貴族の子ではもちろんなかったが、庶民の子でもなかった。神の手によってある役割を担うべくこの世にもたらされたものであって、ゆえに親が不在なのであると（そもそも「魔の二歳」とか「イヤイヤ期」とか呼ばれる二歳児を、教会の前にそっと捨てるなどということは、人間業（わざ）では難しいのではないでしょうか）。

そのときリシュリューは、『第三の魔弾』のグルムバッハや『アンチクリストの誕生』の靴直し、あるいは『ボリバル侯爵』のナッサウ連隊の面々のような、人知をこえたものに敵対し絶望的な戦いを挑む、ペルッツ作品ではおなじみのキャラクターの一人ということになりましょう。

レオ・ペルッツ著作リスト

1 Die dritte Kugel（1915）『第三の魔弾』前川道介訳（国書刊行会／白水Uブックス）
2 Das Mangobaumwunder（1916）※Paul Frankとの合作
3 Zwischen neun und neun（1918）※中学生向け抄訳版『追われる男』梶竜雄訳（『中学生の友二年』別冊付録、1963年1月号、小学館）
4 Das Gasthaus zur Kartätsche（1920）「霰弾亭」※中篇。後に13に収録
5 Der Marques de Bolibar（1920）『ボリバル侯爵』垂野創一郎訳（国書刊行会）
6 Die Geburt des Antichrist（1921）「アンチクリストの誕生」※中篇。後に13に収録
7 Der Meister des Jüngsten Tages（1923）『最後の審判の巨匠』垂野創一郎訳（晶文社）
8 Turlupin（1924）『テュルリュパン』垂野創一郎訳（ちくま文庫）※本書
9 Das Jahr der Guillotine（1925）※ヴィクトル・ユゴー『九十三年』の翻訳
10 Der Kosak und die Nachtigall（1928）※Paul Frankとの合作
11 Wohin rollst du, Äpfelchen . . .（1928）『どこに転がっていくの、林檎ちゃん』垂野創一郎訳（ちくま文庫）
12 Flammen auf San Domingo（1929）※ヴィクトル・ユゴー『ビュグ＝ジャルガル』の翻案
13 Herr, erbarme Dich meiner!（1930）『アンチクリストの誕生』垂野創一郎訳（ちくま文

庫）※中短篇集

14 St. Petri-Schnee（1933）『聖ペテロの雪』垂野創一郎訳（国書刊行会）

15 Der schwedische Reiter（1936）『スウェーデンの騎士』垂野創一郎訳（国書刊行会）

16 Nachts unter der steinernen Brücke（1953）『夜毎に石の橋の下で』垂野創一郎訳（国書刊行会）

17 Der Judas des Leonardo（1959）『レオナルドのユダ』鈴木芳子訳（エディションq）

18 Mainacht in Wien（1996）『ウィーン五月の夜』小泉淳二・田代尚弘訳（法政大学出版局）※ハンス＝ハラルト・ミュラー編、未刊短篇・長篇中絶作・旅行記などを収録した拾遺集本書はちくま文庫オリジナル編集です。

テュルリュパン　ある運命の話

二〇二二年四月十日　第一刷発行

著者　レオ・ペルッツ

訳者　垂野創一郎（たるの・そういちろう）

発行者　喜入冬子

発行所　株式会社 筑摩書房
東京都台東区蔵前二―五―三　〒一一一―八七五五
電話番号　〇三―五六八七―二六〇一（代表）

装幀者　安野光雅

印刷所　星野精版印刷株式会社

製本所　株式会社積信堂

ISBN978-4-480-43790-7 C0197